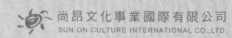尚昂文化事業國際有限公司
SUN ON CULTURE INTERNATIONAL CO.,LTD.

異文化理解のための読解  中級

日本のくらしと文化

● 著者 目黒真実　　譯者 陳金順

語言從生活開始，
從日常生活深入學習日本語。

尚昂文化

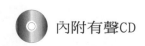
內附有聲CD

前 言

　　這本「異文化理解のための読解（中級）─日本のくらしと文化─」的藍本是「くらしの歳時記」。而「くらしの歳時記」最初是放在教學網站＜ＷＥＢ：日本語駆け込み寺＞上，免費供與大家使用的教材。這次為了課堂使用，而加以重新編纂，並加上第二部「くらしのマナー」，才完成這本「日本のくらしと文化」。

　　由於語言與文化之間密不可分，為此，將「日本のくらしと文化」介紹予外國的日語學習者，乃編纂本教材之目的。希冀透過本教材，讓學習者能了解日本這個國家，還有日本人的生活方式與文化，和亞洲各國之關係是何等地深遠。

　　近來，日本與亞洲各國之間存在令人擔憂之事態。但願能透過日語學習，超越此障礙，彼此文流，培養友好關係。

　　編纂本教材時，承蒙各方賜與無償協助，在此謹代表「日本語駆け込み寺」，衷心地致上萬分謝意。

2007 年 8 月 1 日

目黒真実

目 次

第一部　くらしの歳時記

1 月の行事とくらし　あけましておめでとうございます ‥‥‥ 10
　　　〜から〜まで　　　　　　　　　　　〜たり〜たり
　　　〜ために（目的）
　　　★お正月の食べ物　ー祝い膳ー　　　★ー1月（睦月）の暦ー

2 月の行事とくらし　「鬼は外、福は内」（節分の豆まき）‥‥ 22
　　　〜というのは〜ことです　　　　　　〜ながら
　　　〜ように／〜ないように（目的）
　　　★日本の鬼と中国の鬼　　　　　　　★ー2月（如月）の暦ー

3 月の行事とくらし　女の子の「ひな祭り」‥‥‥‥‥‥‥‥ 34
　　　まだ　　　　　　　　　　　　　　　〜ようになります
　　　〜そうです（伝聞）
　　　★春分の日　ーお彼岸と墓まいりー　★ー3月（弥生）の暦ー

4 月の行事とくらし　花より団子‥‥‥‥‥‥‥‥‥‥‥‥‥ 46
　　　〜のではないでしょうか　　　　　　〜にとって
　　　〜ようです（感覚推量）
　　　★梅と桜のお話　　　　　　　　　　★ー4月（卯月）の暦ー

5 月の行事とくらし　「こどもの日」とゴールデンウイーク‥ 58
　　　〜から〜にかけて　　　　　　　　　〜によって（対応）
　　　〜によって（基準・根拠）
　　　★「母の日」とカーネーションのお話　★ー5月（皐月）の暦ー

6 月の行事とくらし　露天風呂の日と混浴の伝統‥‥‥‥‥‥ 70
　　　〜そうだ（様態）　　　　　　　　　〜てある
　　　〜ておく（準備）
　　　★衣替えと入梅　　　　　　　　　　★ー6月（水無月）の暦ー

7 月の行事とくらし　天の川伝説と「七夕まつり」‥‥‥‥‥ 82
　　　〜といえば　　　　　　　　　　　　〜てもらう
　　　〜だろう（に）（原因・理由）
　　　★お中元の起源　　　　　　　　　　★ー7月（文月）の暦ー

8 月の行事とくらし　夏の風物詩ー盆踊りと花火大会ー‥‥‥ 94
　　　〜を〜とする　　　　　　　　　　　〜ため（に／の）（目的）
　　　〜こそ
　　　★暑中見舞い　　　　　　　　　　　★ー8月（葉月）の暦ー

9月の行事とくらし　関東大震災と「防災の日」・・・・・・・・・　106
　　～以来／～て以来　　　　　　　　　～を込めて
　　～なくなる
　　★敬老の日（9月15日）　　　　　★－9月（長月）の暦－

10月の行事とくらし　「体育の日」と秋の運動会・・・・・・・・・　118
　　～らしい　　　　　　　　　　　～につれて
　　～かもしれません
　　★秋の収穫を祝う「神嘗祭」とハロウィン★－10月（神無月）の暦－

11月の行事とくらし　七五三と童謡「とおりゃんせ」・・・・・・　130
　　～まで（は／に）　　　　　　　～として
　　お～します
　　★勤労感謝の日　　　　　　　　★－11月（霜月）の暦－

12月の行事とくらし　クリスマスと除夜の鐘・・・・・・・・・・・　142
　　～と／～ないと　　　　　　　　～のは～からです
　　～も～し、～も～
　　★お歳暮を贈る　　　　　　　　★－12月（師走）の暦－

第二部　くらしのマナー

1　お辞儀と握手・・・・・・・・・・・・・・・・・・・・・・・・・・・　156

2　おいさつと名刺・・・・・・・・・・・・・・・・・・・・・・・・・　162

3　上座と下座・・・・・・・・・・・・・・・・・・・・・・・・・・・・・　168

4　手みやげと餞別・・・・・・・・・・・・・・・・・・・・・・・・・　174

5　面接の知識とマナー・・・・・・・・・・・・・・・・・・・・・・　180

6　会社での言葉づかい・・・・・・・・・・・・・・・・・・・・・　188

7　二十四節気と季節の花・・・・・・・・・・・・・・・・・・・・　196

第一部翻譯、解答・・・・・・・・・・・・・・・・・・・・・・・・・　203

第二部翻譯・・・・・・・・・・・・・・・・・・・・・・・・・・・・・　229

第一部

くらしの歳時記

▶ 1月の行事とくらし

あけましておめでとうございます

　1月1日から1月3日までを三が日、1月7日までを松の内と呼び、この期間を「正月」と呼んでいます。元日は国民の祝日となっていて、官公庁や銀行は12月29日から1月3日までお休みです。

　昔から、1年の最初の日、1月1日「元日」は、私たちに命を与えてくれる歳神さまを迎え、おまつりする日でした。お正月に人と会ったときには「あけまして、おめでとうございます」と言いますが、このあいさつは、もともとは年が明けて、歳神さまを迎えるときの感謝の言葉でした。今でも私たちは歳神さまをお迎えするために、門松を門の前に飾ったり、鏡餅を供えたりします。そして家族で前日に準備したおせち料理を食べ、子供は親や親戚からお年玉をもらいます。

　最近では、プラスチック製の門松や鏡餅を使ったり、おせちをデパートで買う家庭も増えました。現代人の暮らしが忙しいのはわかりますが、できればこういうものは自分で作りたいですね。

<門松>

＜鏡餅＞

　　さて、今日では、「歳をとる」ことは悪いように言われますが、もともと「歳をとる」ことは人々に歓迎されていました。正月、歳神さまは全ての人や物に新しい生命を吹き込むために現れると伝えられています。つまり、「歳をとる」ということは、一年に一度、新たに生まれ変わるということだったのです。今の言葉で言いますと、命のリセットですね。

新しいことば

三が日	③ ⓪ さんがにち	元月的頭三天（初一、初二、初三）
家族	① がぞく	家屬
松の内	③ まつのうち	日本新年正門裝飾松枝期間（一月一日〜一月七日）
おせち料理	④ おせちりょうり	年菜
お年玉	⓪ おとしだま	紅包，壓歲錢
官公庁	③ かんこうちょう	政府機關
プラスティック製	⓪ プラスティックせい	塑膠製
暮らし	⓪ くらし	生活
あいさつ	①	問候，寒暄，打招呼
門松	② ⓪ かどまつ	新年立在門前作裝飾用的松樹枝
鏡餅	③ かがみもち	新年或祭祀時供神明用的扁圓形年糕（大小二個）
呼ぶ	⓪ よぶ	稱為，叫做
迎える	⓪ むかえる	迎接
まつる→おまつりする	⓪	祭祀〔お＋動詞連用形＋する〕表示謙遜
歓迎する	⓪ かんげいする	歡迎
生まれ変わる	⑤ うまれかわる	重生，新生
供える	③ そなえる	供奉
全て	① すべて	一切，全部
もともと	⓪	原來，本來

つまり　　　　　　　　　①　　　　　　　　　也就是說，總之

新た（な）　　　　　　①　あらた（な）　　重新

あけましておめでとう　　　　　　　　　　　新年快樂

生命を吹き込む　　　　　せいめいをふきこむ　注入新生命

使いましょう

1 〜から〜まで

⇒ 1月1日から1月3日までを、三が日と呼んでいます。

a 週休二日制の会社が多いので、_____から_____までを週末と
呼んでいます。

b 私の国では、_____は_____から_____までです。

2 〜たり〜たり

⇒ 門松を門の前に飾ったり、鏡餅を供えたり、おせち料理を食べたりします。

a 休みの日は、_____り_____りします。

b 今日は_____り_____りの天気になるでしょう。

3 〜ために（目的）

⇒ 正月、神さまは人や物に新しい生命を与えるために現れると伝えられて
います。

a 私は_____ために、日本語を勉強しています。

b 私の母は_____ために、毎日_____くれます。

お正月の食べ物　－祝い膳－

デパートなどでおせち料理のセット（右の絵）を作って売っていますが、昔は年の暮れにお母さんが手間暇かけて作ってくれました。

このほかに、汁の中にお餅を入れて食べる「お雑煮」があります。お餅の上に色々な具を乗せて食べます。お父さんたちが楽しみにしているのが「おとそ」です。お正月に飲む薬酒です。実際には、「おとそ」を飲むのは最初の一杯だけで、あとは好きなお酒を心ゆくまで味わいます。これらをお正月の「祝い膳」と呼んでいます。

＜おせち料理＞

※出典：フリー百科事典「ウィキペディア（Wikipedia）」

▶ 初詣の様子

初詣の参拝客で賑わうお寺の様子です。もともとは地元の氏神さまにお参りするのですが、最近は有名なお寺や神社にお参りする人が増えました。

▶ 新年初次參拜神社的情形

寺廟人聲鼎沸，擁滿了前來參拜的人潮。原本新年參拜都只是參拜當地的氏神，但最近參拜有名寺廟、神社的人也多了。

新しいことば

おせち料理	④ おせちりょうり	年菜
年の暮れ	⓪ としのくれ	年底
おとそ	⓪	新年喝的酒
薬酒	⓪ やくしゅ	藥酒
汁	① しる	湯
餅	⓪ もち	年糕
お雑煮	⓪ おぞうに	年糕湯
祝い膳	⓪ いわいぜん	一般是指年菜
味わう	③⓪ あじわう	盼望，享受
楽しみにする	たのしみにする	花時間，費功夫
手間暇かける	てまひまかける	噌（味道）
具を乗せる	ぐをのせる	放上配料
心ゆくまで	こころゆくまで	盡情，心滿意足

👫 答えましょう

1　日本では、いつからいつまでを正月と呼んでいますか。

_____。

2　日本では、元旦はどんな日ですか。

_____。

3　日本では、お正月に人と会ったとき、どんなあいさつをしますか。

_____。

4　「歳神さま」は、どのような神さまですか。

_____。

5　日本人は、お正月にどんなものを食べますか。

_____。

🗣 話しましょう

1　あなたの国では、お正月に人と会ったとき、どんなあいさつをしますか。

2　あなたの国では、お正月にはどんなものを食べますか。

3　あなたの国にもお年玉がありますか。

4　お正月にする何か特別な行事があったら、話してください。

ー1月（睦月）の暦ー

1　初詣

　年が明けてから初めて寺社にお参り
して、一年の無事と平安を祈る行事で
す。寺社で、お守りや破魔矢、風車な
どを買ったり、絵馬に願いごとを書い
たり、おみくじを引いたりして、今年
一年がよい年であるようにお祈りをします。

＜破魔矢と絵馬＞

2　年賀状

　お正月にお世話になった人や友だちに送るはがきで、干支のイラ
ストが入った年賀はがきに、「謹賀新年」「年賀」「新春」「あけ
ましておめでとうございます」などと大きく書き、メッセージを添
えます。

3　初夢

　お正月に見る夢を初夢といいます。その夢の内容で、1年を占う
夢占いが古くから行われています。

4　鏡開き（1月11日）

　1月11日は「鏡開きの日」です。鏡開きの日には、今年1年
の一家円満を願いながら、神さまに供えた鏡開きをみんなで食べま
す。

5　成人の日（1月の第2月曜日）

成人の日は、20歳になった青年が両親や周りの大人たちに保護されてきた子供時代を終えて自立し、大人の社会へ仲間入りする儀式（成人式）を行う日です。当日は、女性は振袖、男性はスーツや羽織り・袴などの正装に身を包んだ新成人の姿を見ることができます。

＜振袖姿の女性＞

👥 書きましょう

あなたの国のお正月について書いてください。

_____

_____

_____

_____

_____

_____

_____

_____

練習問題

1 ひらがな（下線部）のところを、漢字で書いてください。

① しょうがつ　　② こくみん　　③ ぎんこう

（　　　　） 　　（　　　　） 　　（　　　　）

④ いのち　　　　⑤ かざる　　　⑥ さいきん

（　　　　） 　　（　　　　） 　　（　　　　）

⑦ こんにち　　　⑧ あらわれる　⑨ むかし

（　　　　） 　　（　　　　） 　　（　　　　）

2 漢字のところ（下線部）の読み方を、ひらがなで書いてください。

① 祝日　　　　　② 官公庁　　　③ 年が　明ける

（　　　　） 　　（　　　　） 　　（　　）（　　）

④ 感謝　　　　　⑤ 門松　　　　⑥ 供　える

（　　　　） 　　（　　　　） 　　（　　　　）

⑦ 生命　　　　　⑧ 新　たに　　⑨ 祝い膳

（　　　　） 　　（　　　　） 　　（　　　　）

3 （　）に助詞（ひらがな一字／要らないときは×）を入れてください。

① 1月1日（　）（　）　1月3日（　）（　）を三が日（　）呼びます。

② お正月（　）人（　）会ったとき（　）は、「あけまして、おめでとう
　ございます」（　）言います。

③ 歳神さまは全て（　）人（　）物（　）新しい（　）生命（　）吹き込
　む（　）（　）に現れる（　）伝えられています。

④ お父さんたち（　）楽しみ（　）している（　）が「おとそ」です。

4　＿＿＿＿部に、適当な語を選んで、文を完成させてください。

（　もともと／つまり／今では／今でも　）

①　＿＿＿＿＿＿＿あの日のことはよく覚えています。

②　ここは＿＿＿＿＿＿海だったところです。

③　あの人は、私の父の弟、＿＿＿＿＿＿＿私の叔父です。

④　＿＿＿＿＿＿＿彼のことを覚えている人は、誰もいない。

5　＿＿＿＿部に、適当な語を選んで、文を完成させてください。

（　から／まで／ために／だけ　）

①　小学校の子ども＿＿＿＿＿＿が、携帯電話を持っている時代だ。

②　料理はできたし、あとは父が帰るを待つ＿＿＿＿＿＿です。

③　話すことがいっぱいで、何＿＿＿＿＿＿話したらいいのか困ります。

④　論文を書く＿＿＿＿＿＿、資料を集めなければなりません。

6　語の形を変えて文を作ってください。

①　変な男が家の前を（行く→　　　　　）り（来る→　　　　　）りしている。

②　私が（戻る→　　　　　）（来る→　　　　　）まで、決してここを
　　（動く→　　　　　）ないでください。

③　（安全→　　　　　）ために、シートベルトをお（締める→　　　　　）
　　ください。

④　父は毎日（朝早い→　　　　　）から（夜遅い→　　　　　）まで働いた。

叔父（おじ）：伯父，叔父，舅舅，姑丈

覚える（おぼ）：記得

携帯電話（けいたいでんわ）：手機

時代（じだい）：時代

困る（こま）：爲難，沒有辦法

論文（ろんぶん）：論文

資料（しりょう）：資料

変（へん）（な）：奇怪

戻る（もど）：返回，回家

安全（あんぜん）（な）：安全

シートベルト：安全帶

締める（し）：繫緊

▶ ２月の行事とくらし

「鬼は外、福は内」（節分の豆まき）

もともと、節分というのは、立春・立夏・立秋・立冬の前の日のことを言いました。その中では、立春が１年の初めと考えられていましたから、春の節分が一番大切でした。今では「節分」といえば、立春を指すものとなっています。

＜豆をまく神主＞

立春は２月３日に来ることが多いのですが、２日や４日のこともあります。この日は旧暦で冬の最後、一年の終わりの日に当たりますから、新たな春を迎えるために、前年の邪気を払って、福を招く行事が行われます。その代表が「豆まき」です。

＜神社での豆まきの風景＞

「豆まき」は、節分の日の夜、八時から十時くらいの間に、はじめは玄関、そして各部屋へと、戸を全部開けて、大きな声で「鬼は外、福は内」を二回繰り返しながら、豆をまきます。鬼は一家のご主人や長男、または厄年の人が行っていましたが、現在は家族で楽しみながら行うお宅が多いようです。まき終えたら、鬼を入れないようにすぐに戸を閉めます。このあと、家族で年齢の数だけ豆を食べます。厄年の人は一

つ多く食べて、早く厄年が終わるように願います。この豆まきの風
習は室町時代に始まりましたが、もとは7世紀ごろに中国から伝
わった鬼はらいの儀式「追儺」で、病や災害などを鬼に見立てて、
桃の弓、葦の矢で追い払うものでした。この弓矢が豆に変わったの
が「豆まき」だと言われています。

＜家庭での豆まきの風景＞

新しいことば

節分	⓪ せつぶん	節分，節氣
立春	⓪ りっしゅん	立春
立夏	① りっか	立夏
立秋	⓪ りっしゅう	立秋
立冬	⓪ りっとう	立冬
旧暦	⓪ きゅうれき	農曆
最後	① さいご	最後
豆まき	②③ まめまき	撒豆
長男	①③ ちょうなん	長子
厄年	② やくどし	厄運的一年，犯太歲
風習	⓪ ふうしゅう	風俗習慣
病	① やまい	病
災害	⓪ さいがい	災害
桃の弓	⑤ もものゆみ	桃弓
葦の矢	① あしのや	蘆蘭箭
行う	⓪ おこなう	做，進行
繰り返す	③⓪ くりかえす	反覆，重複
楽しむ	③ たのしむ	享受，快樂，期待
追い払う	④ おいはらう	驅趕
変わる	⓪ かわる	改變
～に当たる	⓪ ～にあたる	等於，相當於
豆をまく	まめをまく	撒豆子
春を迎える	はるをむかえる	迎春
邪気を払う	じゃきをはらう	驅趕邪惡之氣

福を招く	ふくをまねく	招來福氣
鬼に見立てる	おににみたてる	當作鬼怪

使いましょう

1 ～というのは～ことです

⇒　節分というのは、立春・立夏・立秋・立冬の前の日のことです。

　　a　立春というのは、＿＿＿＿＿＿＿＿＿＿＿＿＿＿＿＿＿＿＿

　　　　ことです。

　　b　厄年というのは、人の一生のうちで、＿＿＿＿＿＿＿＿＿＿年の

　　　　ことです。

2 ～ながら

⇒　大きな声で「鬼は外、福は内」を二回繰り返しながら、豆をまきます。

　　a　＿＿＿＿＿＿＿＿＿ながら、＿＿＿＿＿＿＿＿＿ないでください。

　　b　＿＿＿＿＿＿＿＿＿ながら、＿＿＿＿＿＿＿＿＿ましょう。

3 ～ように／～ないように（目的）

⇒　鬼を入れないようにすぐに戸を閉めます。／早く厄年が終わるように願

　　います。

　　a　もっと＿＿＿＿＿＿＿＿＿ように、説明してください。

　　b　遅刻しないように、＿＿＿＿＿＿＿＿＿＿＿＿＿＿方がいいですよ。

日本の鬼と中国の鬼

　日本の鬼と言いますと、頭に角が二本生えていて、髪はパーマをかけたようにチリチリ、下の歯が鋭くとがった牙となって上に突き出た恐い顔を思い浮かべます。

　しかし、中国で「鬼」というのは、亡くなった人が、迷ってこの世に化けて出てくる幽霊のことなので、鬼のイメージが日本と全然違います。ですから、中国の人が日本語の「仕事の鬼」という言葉を聞いて思い浮かべるのは、過労死か何かで死んで、この世を恨んで夜な夜な現れる幽霊になってしまうことです。

＜日本の鬼＞

新しいことば

牙	① きば	虎牙，犬齒
幽霊	① ゆうれい	鬼魂，亡靈
イメージ	②①	形象
仕事の鬼	⑥ しごとのおに	工作狂
過労死	② かろうし	過勞死
とがる	②	尖
突き出る	③ つきでる	突出，刺出
思い浮かべる	⓪⑥ おもいうかべる	想起，浮現腦海
亡くなる	⓪ なくなる	逝世
迷う	② まよう	困惑，迷失（方向），迷戀
化ける	② 化ける	變化，改裝
恨む	② うらむ	恨，怨
現れる	④ あらわれる	出現
チリチリ	①	捲曲
鋭い	③ するどい	鋒利的
夜な夜な	⓪① よなよな	每夜
角が生える	つのがはえる	長角
パーマをかける		燙髮

答えましょう

1　今日、節分というのはいつのことを指していますか。

　　＿＿＿＿＿＿＿＿＿＿＿＿＿＿＿＿＿＿＿＿＿＿＿＿＿＿＿＿＿＿＿。

2　日本で行われる豆まきというのは、どんな行事ですか。

　　＿＿＿＿＿＿＿＿＿＿＿＿＿＿＿＿＿＿＿＿＿＿＿＿＿＿＿＿＿＿＿。

3　豆をまくとき、どう言いますか。

　　＿＿＿＿＿＿＿＿＿＿＿＿＿＿＿＿＿＿＿＿＿＿＿＿＿＿＿＿＿＿＿。

4　豆まきで、家の中にまいた豆はどうしますか。

　　＿＿＿＿＿＿＿＿＿＿＿＿＿＿＿＿＿＿＿＿＿＿＿＿＿＿＿＿＿＿＿。

5　日本の豆まきは、どんな儀式がもとになって生まれましたか。

　　＿＿＿＿＿＿＿＿＿＿＿＿＿＿＿＿＿＿＿＿＿＿＿＿＿＿＿＿＿＿＿。

話しましょう

1　あなたの国では、豆まきに似た行事がありますか。あれば、紹介してください。

2　あなたの国に鬼はいますか。どんな姿形をしていますか。

3　あなたの国の鬼は、どのような存在ですか。

4　あなたの国に、鬼が出てくる昔話があれば、紹介してください。

ー2月（如月）の暦ー

1　建国記念日（2月11日）

　日本書記では日本国を統一して初代の天皇になったのは神武天皇とされています。もちろん神武天皇は科学的根拠のない神話上の人物なのですが、神武天皇が即位したとされる紀元前660年2月11日を、日本が建国された日として祝おうという動きが高まり、1966年に国民の祝日になりました。

2　バレンタインデー（2月14日）

　2月14日は日本では「女性が男性にチョコレートをプレゼントする日」とされています。実はその起源は、メリーチョコレート社がこの日に東京の「伊勢丹」でチョコレートを販売したのがきっかけでした。

鬼が出てくる民話「桃太郎」

　民話「桃太郎」は、桃から生まれた桃太郎がきびだんごをもって鬼退治に行きます。鬼が住む鬼ヶ島に向かう途中で、犬・猿・雉に会いますが、彼らにきびだんごをあげて仲間にし、協力して鬼を退治するというお話です。では、その書き出しを載せておきましょう。

　「むかし、むかし、ある所におじいさんとおばあさんが住んでいました。おじいさんは山へし

＜桃太郎＞

ば刈りに、おばあさんは川へ洗濯に行きました。すると大きな桃が流れてきました。喜んだおばあさんはその桃を背中に担いで帰りました。桃を切ろうとすると、桃から大きな赤ん坊が出てきました。……」

書きましょう

点

あなたの国の建国記念日について書いてください。

☎ 練習問題

1 ひらがな（下線部）のところを、漢字で書いてください。

① まめまき 　　　　② たいせつ 　　　　③ おこなう

　（　　　　） 　　　（　　　　　　） 　　　（　　　　　）

④ しゅじん 　　　　⑤ げんざい 　　　　⑥ かぞく

　（　　　　） 　　　（　　　　　） 　　　（　　　　）

⑦ ふうしゅう 　　　⑧ 20せいき 　　　⑨ こわい　かお

　（　　　　） 　　　（　　　　　） 　　　（　　）（　　）

2 漢字のところ（下線部）の読み方を、ひらがなで書いてください。

① 立春 　　　　　② 旧暦 　　　　　③ 福を　招く

　（　　　　） 　　（　　　　　） 　　（　　）（　　）

④ 玄関 　　　　　⑤ 繰り　返す 　　⑥ 長男

　（　　　　） 　　（　　）（　　） 　（　　　　）

⑦ 厄年 　　　　　⑧ 病 　　　　　⑨ 角が　生える

　（　　　　） 　　（　　　　） 　　（　　）（　　）

3 （　）に助詞（ひらがな一字／要らないときは×）を入れてください。

① 今（　）は「節分」（　）いえば、立春（　）指すもの（　）なりました。

② この日は旧暦（　）冬（　）最後、一年（　）終わり（　）日（　）当た
　　ります。

③ 戸（　）全部（　）開けて、大きな声（　）「鬼は外、福は内」（　）言
　　いながら、豆（　）まきます。

④ 日本（　）鬼は、頭（　）角（　）二本（　）生えていて、下（　）歯
　　（　）鋭くとがった牙（　）なって、上（　）突き出ています。

4　＿＿＿＿部に、適当な語を選んで、文を完成させてください。

（　あたる／むかえる／おこなう／つたわる　）

① その事故のニュースは、たちまち私たちの間に＿＿＿＿＿＿＿。

② 日本語の「ただいま」に＿＿＿＿＿＿＿中国語はなんですか。

③ 空港まで友だちを＿＿＿＿＿＿＿に行きました。

④ 来週の月曜日、期末試験を＿＿＿＿＿＿＿ます。

5　＿＿＿＿部に、適当な語を選んで、文を完成させてください。

（　といえば／ぐらい／ように／というのは　）

① あなたが好きな＿＿＿＿＿＿＿すればいいです。

② 最も幸せな人＿＿＿＿＿＿＿、「足る」ことを知っている人である。

③ あと一ヶ月＿＿＿＿＿＿＿あれば、工事は完成するですが、……。

④ 節分＿＿＿＿＿＿＿、豆まきを思い出しますね。

6　語の形を変えて文を作ってください。

① 同じ失敗は（繰り返す→　　　　　）ように、（注意する→　　　　　）なさい。

② 人は（助ける→　　　　　）（あう→　　　　　）ながら、（生きる→　　　　　）
　（いく→　　　　　）なければなりません。

③ 赤ちゃんが（眠れる→　　　　　）ように（静か→　　　　　）して。

④ コピーを（する→　　　　　）終えたら、（帰る→　　　　　）もいいよ。

事故：事故

たちまち：忽然，瞬間

期末試験：期末考

最も：最，頂

幸せ（な）：幸福，幸運

足る：滿足

工事：工程

完成する：完成

思い出す：想起來，聯想

失敗：失敗

注意する：留神，當心

助ける：求助，幫助

赤ちゃん：嬰兒

眠れる：睡得著，正在睡覺

▶ ３月の行事とくらし

女の子の「ひな祭り」

　「ひな祭り」は、３月３日におひなさま（ひな人形）を飾って、女の子の幸福と美しく成長することを願う行事です。もとは、中国から伝わった上巳の節句でした。中国では、この日は厄日とされる日でしたから、古くは河原でみそぎをしたり、桃の花を浮かべた酒を飲んだり、桃の葉を入れたお風呂に入って、無病息災を願いました。そのため、「桃の節句」とも呼ばれます。

＜おひなさま＞

　昔から中国には、桃の花は長寿のシンボルで、魔よけの力があるという言い伝えがあります。しかし、「桃の節句」は旧暦の３月３日なので、現在、日本で「ひな祭り」が行われる新暦の３月３日ごろに咲いているのは梅の花だけで、桃の花はまだ咲いていませんね。

　やがて「桃の節句」には、人のけがれや災いなどを人形に移して川に流し、不浄を払う行事が行われるようになりました。この「流しひな」から「ひな祭り」が生まれたそうです。この「流しひな」の風習は、今もまだ日

本各地に残っています。

　おひなさまは、「ひな祭り」の1〜2週間前に飾ります。飾る前の日には桃酒やひし餅などをお供えします。そして家族や仲のいい友だちを呼んで、ごちそうしてもてなします。昔から、おひなさまをいつまでも出してお

＜流しひな＞

くと、婚期が遅れると言われていますが、これは「片づけのできない娘は、いいお嫁さんになれないよ」という意味なのでしょう。

新しいことば

ひな祭り	③ ひなまつり	女兒節（日本每年的三月三日）
ひな人形	③ ひなにんぎょう	女兒節陳列的人偶
上巳の節句	①－⓪ じょうしのせっく	女兒節節日
厄日	② やくび	災難日
河原	⓪ かわら	河灘
みそぎ	⓪③	在海或河裡洗滌身體，洗掉罪惡或污穢
無病息災	① むびょうそくさい	無病消災
長寿	① ちょうじゅ	長壽
シンボル	①	象徵
魔よけ	⓪ まよけ	驅邪避凶
言い伝え	⓪ いいつたえ	傳說
けがれ	③⓪	（心靈）污穢
災い	⓪ わざわい	災難
各地	① かくち	各地
ひし餅	② ひしもち	菱形年糕
もてなす	③⓪	接待，招待
片づけ	⓪ かたづけ	出嫁
お嫁さん	⓪ およめさん	新娘
成長する	⓪ せいちょうする	成長
願う	② ねがう	希望，（向神佛）祈求
移す	② うつす	移，挪
ごちそうする	⓪	請客，款待

幸福（な）	⓪ こうふく	幸福
仲がいい	なかがいい	交情好，關係好
不浄を払う	ふじょうをはらう	驅除不潔
婚期が遅れる	こんきがおくれる	耽誤婚期

使いましょう

1 まだ

⇒ 桃の花はまだ咲いていません。

「流しひな」の風習は、今もまだ残っています。

a 「もうお昼ご飯は食べましたか。」「いいえ、まだ＿＿＿＿＿＿＿＿。」

b 「李さんは、まだお風呂に入っていますか。」

「はい、まだ＿＿＿＿＿＿＿。」

2 ～ようになります

⇒ 人のけがれを人形に移して川に流し、不浄を払う行事が行われるように
なりました。

a あなたが親になれば、ご両親の気持ちも＿＿＿＿＿＿＿ようにな
るでしょう。

b 練習すれば、もっと上手に＿＿＿＿＿＿＿＿＿ようにな
ります。

3 ～そうです（伝聞）

⇒ この「流しひな」から「ひな祭り」が生まれたそうです。

a 先生の話によると、＿＿＿＿＿＿＿＿＿＿＿＿＿
そうです。

b 言い伝えによると、＿＿＿＿＿＿＿＿＿＿＿＿＿
そうです。

春分の日　－お彼岸と墓まいり－

　3月 21 日ごろを「春分の日」と言い、国民の祝日となっています。春分の日は昼と夜が同じ長さになる日ですが、昔の人はこの日を春の訪れを祝う日としていました。また、この日の前後三日間を「お彼岸」と言って、ご先祖への感謝の気持ちを伝えるために、お墓まいりをする日本独自の仏教行事があります。彼岸とは迷いのない、悟りの世界を言うのですが、彼岸は春分の日と秋分の日の前後三日、一年に二回あり、春は三月十八日ごろ、秋は九月二十日ごろが彼岸の入りとなります。

▶ 仏壇のお話

　日本人の家なら、ほとんどどこにでもあるのが仏壇です。朝と晩、お線香をたいたり、お水や食べ物を供えたりして、ご先祖を供養します。

▶ 神壇

　日本人的家中，幾乎都有神壇。早上和晚上點香、供奉水和食物，來祭拜祖先。

新しいことば

春分の日	⓪ しゅんぶんのひ	春分
彼岸	⓪② ひがん	春分、秋分前後各加三天，共七天的時間。
墓まいり	③ はかまいり	掃墓
春の訪れ	① はるのおとずれ	春天來訪
先祖	① せんぞ	祖先
感謝	① かんしゃ	感謝
独自	①⓪ どくじ	獨自
仏教行事	⑤ ぶっきょうぎょうじ	佛教儀式
迷い	③② まよい	迷惘
悟り	⓪ さとり	醒悟
世界	① せかい	世界，世間
彼岸の入り	ひがんのいり	進入春分、秋分前後各加三天，共七天的時期。

答えましょう

1　ひな祭りというのは、どのような行事ですか。

＿＿＿＿＿＿＿＿＿＿＿＿＿＿＿＿＿＿＿＿＿＿＿＿＿＿＿＿＿＿＿＿。

2　「上巳の節句」は、中国ではどんな日だと考えられていましたか。

＿＿＿＿＿＿＿＿＿＿＿＿＿＿＿＿＿＿＿＿＿＿＿＿＿＿＿＿＿＿＿＿。

3　「上巳の節句」は、どうして「桃の節句」と言われたのですか。

＿＿＿＿＿＿＿＿＿＿＿＿＿＿＿＿＿＿＿＿＿＿＿＿＿＿＿＿＿＿＿＿。

4　「流しひな」というのは、どのような意味を持った行事ですか。

＿＿＿＿＿＿＿＿＿＿＿＿＿＿＿＿＿＿＿＿＿＿＿＿＿＿＿＿＿＿＿＿。

5　どうして、おひなさまをいつまでも出しておいてはいけないのですか。

＿＿＿＿＿＿＿＿＿＿＿＿＿＿＿＿＿＿＿＿＿＿＿＿＿＿＿＿＿＿＿＿。

話しましょう

1　あなたの国では、家でご先祖をどのようにしてお祀りしていますか。

2　あなたの国では、日本の「お彼岸」のような墓まいりの行事がありますか。

3　その墓参りの行事はいつ行われ、なんと呼ばれていますか。

4　その墓まいりの行事の日には、なにか特別な食べ物や飲み物、催しなどがありますか。あれば、紹介してください。

―3月（弥生）の暦―

1 ひな祭り（3月3日）

2 国際婦人デー（3月8日）

　1904年の3月8日、ニューヨークの女性労働者たちが女性参政権の運動を起こしたのを記念して、国際婦人デーが定められました。日本では、敗戦後に選挙法改革が行われ、女性の選挙権が認められました。1946年4月、女性が参加した初の衆議院選挙では、39名の女性議員が生まれています。

3 卒業式のシーズン

　日本では、卒業式は3月に行われるところが多く、春の季語になっているほどです。高等学校では上旬、大学・短大では下旬が多いでしょう。

4 春分の日（3月 21 日ごろ）

知っていますか、桃の起源

　『西遊記』の中で、孫悟空が天界・桃源郷の不老不死の桃を食べるお話がありますね。そのころの桃は「毛毛（もも）」と言われ、

毛がいっぱい生えた硬い果物だったことをご存じでしたか。

　中国で生まれた桃は、中国からシルクロードで西域へ伝わりますが、中国から西へ行った桃は果肉が黄色

くなりました。黄桃です。古代には日本にも桃が伝わるのですが、現在のような桃がつくられるようになったのは明治時代のことで、中国から伝わった品種から自然交雑で偶然生まれた白い桃を発見し、その後、品種改良が重ねられてきました。ですから、「白桃」は日本独特の桃なのです。

📖 書きましょう

あなたの国のお墓まいりの行事について書いてください。

点

📞 練習問題

Ⅰ　ひらがな（下線部）のところを、漢字で書いてください。

① こうふく　　　　② せいちょうする　　　③ ぎょうじ

（　　　　）　　　　（　　　　　）　　　　　（　　　　）

④ いい　つたえ　　⑤ おふろ　　　　　　⑥ うめの花

（　）（　　）　　　（　　　　）　　　　　（　　　　）

⑦ むすめ　　　　　⑧ いみがわかる　　　⑨ はるのおとずれ

（　　　　）　　　　（　　　　　）　　　　（　）（　　）

Ⅱ　漢字のところ（下線部）の読み方を、ひらがなで書いてください。

① 祭り　　　　　　② 人形　　　　　　　③ 河原

（　　　　）　　　　（　　　　　）　　　　（　　　　）

④ 長寿　　　　　　⑤ 災い　　　　　　　⑥ 払う

（　　　　）　　　　（　　　　　）　　　　（　　　　）

⑦ 婚期　　　　　　⑧ 彼岸　　　　　　　⑨ 先祖

（　　　　）　　　　（　　　　　）　　　　（　　　　）

Ⅲ　（　）に助詞（ひらがな一字／要らないときは×）を入れてください。

① 中国（　）は、「桃の節句」（　）、桃（　）葉（　）入れたお風呂

（　）入って、無病息災（　）願いました。

② 日本（　）「ひな祭り」（　）行われる（　）は、新暦（　）3月3日な

（　）（　）、桃（　）花（　）まだ咲いていません。

③ 「流しひな」（　）風習は、今（　）まだ日本各地（　）残っています。

④ 昔（　）（　）、おひなさま（　）いつ（　）（　）も出しておく（　）、

婚期（　）遅れる（　）言われています。

4　_____部に、適当な語を選んで、文を完成させてください。

　　　（　もう／まだ／やがて／また　）

①　お腹がいっぱいで、_____これ以上食べられません。

②　日本に住んでいれば、_____日本語が話せるようになる。

③　会場には、_____誰も来ていませんでした。

④　今日も_____雨か。嫌になるなぁ。

5　_____部に、適当な語を選んで、文を完成させてください。

　　　（　の／こと／ため／ところ　）

①　「国連」という_____は、国際連合の略です。

②　「待ちましたか」「いいえ、私もたった今来た_____です」

③　私はそのような_____を言ってはいません。

④　事故の_____、電車が止まっています。

6　語の形を変えて文を作ってください。

①　彼女は、まだ家に（帰る→　　　　　　）（いる→　　　　　　　　）ようです。

②　（練習する→　　　　　　　　）、やっとパソコンが（使う→　　　　　　）

　　ようになった。

③　普段から（復習する→　　　　　）（おく→　　　　　　）ば、試験の

　　（前→　　　　　　）（なる→　　　　　　　）、（慌てる→　　　　　　）

　　なくてもいい。

④　友だちから（聞く→　　　　　）話によると、京子さんが（近い→　　　　）

　　（結婚する→　　　　　）そうだ。

お腹^{なか}がいっぱい：吃飽

嫌^{いや}（な）：討厭，厭惡

国際連合^{こくさいれんごう}：聯合國

略^{りゃく}：簡稱，省略

事故^{じこ}：事故

練習^{れんしゅう}する：練習

普段^{ふだん}：平常

復習^{ふくしゅう}する：複習

慌^{あわ}てる：驚慌，慌張

結婚^{けっこん}する：結婚

▶ 4月の行事とくらし

花より団子

　桜が咲く季節になると、家族や仲間、会社の同僚が桜の木の下に集まって、お弁当を広げて、お酒を飲んだり、歌を歌ったり……こんな光景が日本の至る所で繰り広げられます。これが日本の伝統行事「お花見」なのです。たぶんこんな風習は、日本でしか見られないのではないでしょうか。

　花見が盛んに行われるようになったのは、江戸時代の元禄のころ

<飲んで騒いで>

からだと言われています。花見には金持ちも貧乏人もありません。それぞれが集団を作り、弁当を持って出かけ、飲んで食って大騒ぎをします。それは、普段は士農工商という厳しい身分制度の中で生活している庶民にとって、羽を伸ばしてリフレッシュする絶好の機会であったようです。それは今も変わりません。花見のときは上司も部下も無礼講で飲んで騒ぐのですが、ときには裸になって踊り出す人が現れたり、酒の勢いでけんかが始まったりと大変な騒動になることもあります。「花見」で見るものはもちろん桜です。夜に花見をすることは夜桜見物と言います。しかし、庶民にとっては、桜より

も飲み食い騒ぐことの方が楽しみなのです。これを「花より団子」と言います。

もしあなたが、日本人が花見を楽しんでいる光景を見たら、あなたの日本人観が変わるかもしれません。

<花見団子>

新しいことば

仲間	③	なかま	伙伴
同僚	⓪	どうりょう	同事
光景	⓪①	こうけい	情景，樣子
至る所	②⑥	いたるところ	到處
伝統	⓪	でんとう	傳統
金持ち	③	かねもち	有錢人
貧乏人	⓪	びんぼうにん	貧困人
士農工商	①	しのうこうしょう	士農工商
身分制度	④	みぶんせいど	階級制度
庶民	①	しょみん	老百姓
絶好の機会	⓪-②	ぜっこうのきかい	絕佳機會
無礼講	⓪②	ぶれいこう	沒有階級之分的宴會
裸	⓪	はだか	裸體
酒の勢い	⑤	さけのいきおい	酒精作用
けんか	⓪		爭吵，打架
騒動	①	そうどう	鬧事
夜桜見物	⑤	よざくらけんぶつ	賞櫻花
花より団子		はなよりだんご	好看的不如好吃的。引申為捨華求實。
繰り広げる	⑤⓪	くりひろげる	展開（活動）
～のではないでしょうか			應該是～吧
リフレッシュする	③		恢復精神
盛ん（な）	⓪	さかん	旺盛，熱烈
それぞれ	②③		分別，各自

普段	① ふだん	異常
～にとって		對…來說
ときに	②	有時，偶爾
羽を伸ばす	はねをのばす	自由自在，無拘無束

使いましょう

Ⅰ 〜のではないでしょうか

⇒ たぶんこんな風習は、日本でしか見られないのではないでしょうか。

a 会社の業績も伸びていますから、給料も＿＿＿＿＿＿のではないで
しょうか。

b 空が暗くなってきたから、もしかして＿＿＿＿＿＿＿＿んじゃ
ないか。

② 〜にとって

⇒ 庶民にとっては、桜よりも飲み食い騒ぐことの方が楽しみなのです。

a 私たちにとって、一番大切なのは＿＿＿＿＿＿＿＿＿＿。

b それは＿＿＿＿にとって、初めての経験だった。

③ 〜ようです（感覚推量）

⇒ 庶民が羽をのばして、リフレッシュする絶好の機会であったようです。

a 寒気がします。どうも＿＿＿＿＿＿＿＿＿＿ようです。

b この靴、少しサイズが＿＿＿＿ようなので、＿＿＿＿のに換え
てください。

梅と桜のお話

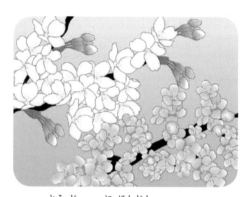

　日本に梅がもたらされたのは、奈良時代、遣唐使が薬用として持ち帰ったのが最初のようです。この時代、花といえば梅を指しました。当時、梅は中国の文人たちに大変愛されていた花でしたから、中国文化を理想としていた当時の日本人にとって、梅こそ花の代名詞でした。しかし平安時代に入り、「かな」が作られ、遣唐使が廃止されると、しだいに国風文化と言われる独自の文化が形成されていきます。それにつれて、梅よりも昔から日本の山野に原生していた桜が尊ばれるようになり、やがて梅は桜と交代しました。このように桜が国花とされるようになったのは、国風文化の発展と密接な関係があったのです。

▶「ひらがな」のもとになった漢字

あ 安	い 以	う 宇	え 衣	お 於
か 加	き 幾	く 久	け 計	こ 己
さ 左	し 之	す 寸	せ 世	そ 曾
た 太	ち 知	つ 川	て 天	と 止
な 奈	に 仁	ぬ 奴	ね 祢	の 乃
は 波	ひ 比	ふ 不	へ 部	ほ 保
ま 末	み 美	む 武	め 女	も 毛
や 也		ゆ 由		よ 与
ら 良	り 利	る 留	れ 礼	ろ 呂
わ 和	ゐ 為		ゑ 惠	を 遠
ん 无				

※「つ」は「津・州」などの説もある。

新しいことば

遣唐使	③ けんとうし	日本派遣到唐朝的使節
薬用	⓪ やくよう	藥用
代名詞	③ だいめいし	代名詞
国風文化	⑤ こくふうぶんか	平安時代中期到後期的日本獨特的貴族文化
独自	①⓪ どくじ	獨自，獨特
国花	① こっか	國花

もたらす	③	帶來，去
廃止する	⓪ はいしする	廢除
形成する	⓪ けいせいする	形成
原生する	⓪ げんせいする	原生
交代する	⓪ こうたいする	交替
尊ぶ	③ とうとぶ	尊敬，重視

～として		作爲～
～ていく		～下去（某個時間點的持續，從現在到未來）
～につれて		隨著～
しだいに		逐漸地
やがて	⓪	不久
密接（な）	⓪ みせつ（な）	緊密，密切

答えましょう

1　日本人は、花見に行ってどんなことをしますか。

_____。

2　日本で花見が盛んになったのは、いつごろからですか。

_____。

3　花見というのは、庶民にとってどのようなものなのですか。

_____。

4　「花より団子」というのは、どういう意味ですか。

_____。

5　日本では、どうして梅よりも桜の方が尊ばれるようになりましたか。

_____。

話しましょう

1　あなたの国では、日本のようなお花見の風習がありますか。

2　あなたの国の国花はなんですか。どうしてその花が国花となったのですか。

3　あなたの生まれた故郷で、春を代表するのはどんな花ですか。

4　あなたの国には、花と関係が深いお祭りがありますか。あれば、紹介して
　　ください。

－4月（卯月）の暦ー

1 エイプリルフール （4月1日）

　4月1日は、エイプリルフールの日とされ、この日に嘘をついて、人を驚かせても許されることになっています。

2 花まつり（4月8日）

　4月8日は、お釈迦さま生誕の日です。今から 2500年前、ヒマラヤのふもと、カピラ国の太子として、ルンビニーの花園でお生まれになりました。

　お釈迦さまがご誕生のとき、あたりに花が一斉に咲き、音楽が流れ、甘い雨が降ってきたと言われます。そこで、今でもお寺では花御堂を花で飾り、天地を指さした誕生のお姿を安置して、甘茶をかけてお祝いする「花まつり」が行われます。

3 入学式のシーズン

　欧米では一般に9月に入学式がありますが、日本では入学式は桜が咲く春の恒例行事です。学習指導要領で「国旗を掲揚するとともに、国歌を斉唱するよう指導する」と定めたため、教育現場では様々な問題が発生しています。

4　みどりの日（4月 29 日）

　元は昭和天皇の「天皇誕生日」でしたが、現在は国民の祝日「みどりの日」に改名され、「自然に親しむとともにその恩恵に感謝し、豊かな心を育む日」となりました。

書きましょう

点

「故郷の春」をテーマに作文を書いてください。

_____

_____

_____

_____

_____

_____

_____

_____

_____

_____

練習問題

I　ひらがな（下線部）のところを、漢字で書いてください。

① きせつ
（　　　　）

② かいしゃ
（　　　　）

③ はなみ
（　　　　）

④ かねもち
（　　　　）

⑤ せいかつする
（　　　　）

⑥ じょうし
（　　　　）

⑦ たいへん
（　　　　）

⑧ たのしむ
（　　　　）

⑨ も ち かえる
（　　）（　　）

2　漢字のところ（下線部）の読み方を、ひらがなで書いてください。

① 仲間
（　　　　）

② 同僚
（　　　　）

③ 至る 所
（　　）（　　）

④ 土農工商
（　　　　　）

⑤ 身分制度
（　　　　　）

⑥ 羽を 伸ばす
（　　）（　　）

⑦ 裸
（　　　　）

⑧ 勢い
（　　　　）

⑨ 国風文化
（　　　　　）

3　（　）に助詞（ひらがな一字／要らないときは×）を入れてください。

① 桜（　）咲く季節（　）なる（　）、家族（　）仲間が桜（　）木（　）

　　下（　）集まって、お弁当（　）広げる。

② 花見（　）盛んに行われるようになった（　）は、元禄（　）ころ（　）

　　（　）だ（　）言われています。

③ 梅は奈良時代（　）遣唐使（　）薬用（　）して持ち帰った。

④ 中国文化（　）理想（　）していた当時（　）日本人（　）とって、梅

　　（　）（　）花（　）代名詞でした。

55

4　_____部に、適当な語を選んで、文を完成させてください。

（　それぞれ／ときに／もちろん／しだいに　）

①　人は_____考え方がちがう。

②　私は雪国で育ちましたから、スキーは_____できます。

③　彼は_____私のところへ遊びに来ます。

④　台風が近づき、風雨が_____強くなってきた。

5　_____部に、適当な語を選んで、文を完成させてください。

（　にとって／について／として／につれて　）

①　日本人は主食_____お米を食べます。

②　その情報が事実かどうか_____調査しています。

③　年をとる_____記憶力が衰えてくる。

④　あなた_____、一番大切なものは何ですか。

6　語の形を変えて文を作ってください。

①　彼は自分の利益しか（考える→　　　　　）うと（する→　　　　　）。

②　彼女は私の顔を全然（覚える→　　　　　）（いる→　　　　　）ようだった。

③　あの元気がない顔から（見る→　　　　　）、彼、今日の試験はあまり

　　（できた→　　　　　）のではないでしょうか。

④　かな文字は平安時代に（作る→　　　　　）と（言う→　　　　　）いる。

雪国：多雪的地方

育つ：成長

スキー：滑雪

台風：颱風

風雨：風雨，暴風雨

主食：主食

情報：消息

事実：事實

調査する：調査

記憶力：記憶力

衰える：衰退，衰弱

利益：利益

全然〜ない：（下接否定語）絲毫不

文字：文字

▶ ５月の行事とくらし

「こどもの日」とゴールデンウイーク

　ゴールデンウィークとは、４月末から５月初めにかけて、多くの祝日が重なった大型連休のことを言います。ゴールデン・ウィークには国民の祝日である「みどりの日（4/29）」「憲法記念日（5/3）」「国民の休日（5/4）」「こどもの日（5/5）」が含まれます。これらの祝日と土日がうまくつながると、１週間ほどの大型連休が発生します。

＜菖蒲で縛った紙兜＞

　このゴールデンウィークの過ごし方は人によって色々ですが、子どもがいる家庭では家族旅行に行くことが多いようです。この期間、日本の行楽地は子ども連れの家族で溢れます。調査では、2006年の海外旅行者は過去最高の56万人、国内旅行組が2000万人以上でしたから、ちょっとした民族大移動です。

　さて、ゴールデンウイークの最終日にあたる５月５日は「こどもの日」です。古くは、「端午の節句」といって、男の子が強くたくましく育つことを祝う日で

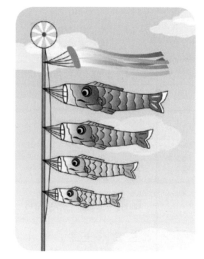

＜こいのぼり＞

したが、1948年に定められた国民の祝日法によって、男女の別なく、こどもの健全な発達を願う祝日となりました。しかし、もともと「端午の節句」の日だったので、菖蒲湯に入ったり、柏餅を食べたり、男の子のいる家では「兜」や「こいのぼり」「五月人形」を飾ったりします。

　この「こいのぼり」は、中国の昔話、急流だった黄河の竜門を昇りきったのが鯉だけだったという「鯉の滝登り」の話が元になっているようです。ここから、「登竜門」という言葉も生まれました。

＜柏餅＞

新しいことば

ゴールデンウイーク	6	黄金週
大型連休	0 おおがたれんきゅう	大型連假
憲法記念日	6 けんぽうきねんび	行憲紀念日
過ごし方	4 5 すごしかた	（日子、節日）過法
行楽地	4 3 こうらくち	觀光地
子ども連れ	0 こどもづれ	帶著小孩
過去最高	1 かこさいこう	有史以來最高
民族大移動	1-3 みんぞくだいいどう	民族大移遷徙
端午の節句	1 たんごのせっく	端午節
菖蒲湯	3 しょうぶゆ	菖蒲澡
柏餅	3 かしわもち	包著紅豆餡的麻糬
兜	1 かぶと	盔
急流	0 きゅうりゅう	急流
鯉の滝登り	こいのたきのぼり	鯉躍龍門
登竜門	3 とうりゅうもん	登龍門
重なる	0 かさなる	重疊，重複
含む	2 ふくむ	包含
つながる	0	連接，聯繫
溢れる	3 あふれる	充滿
～きる		完成，達到極限（接動詞連用形下）
うまい	2	巧妙的，高明的
～から～にかけて		從～到～
～によって		依據

ちょっとした	①⓪	一點，稍微
たくましい	④	健壯的
～の別なく	～のべつなく	沒有～的差別
健全な発達	けんぜんなはったつ	健全的發展
～が元になる	～がもとになる	～是起源

🏠 使いましょう

① ～から～にかけて

⇒ ゴールデンウィークとは、4月末から5月初めにかけての大型連休のことを言う。

a 昨夜は、＿＿＿＿＿から＿＿＿＿＿にかけて、何度か強い地震がありました。

b 日本では＿＿＿＿＿から＿＿＿＿＿にかけて、梅雨のシーズンです。

② ～によって（対応）

⇒ ゴールデンウィークの過ごし方は人によっていろいろです。

a 時間によって、忙しいときもあるし、＿＿＿＿＿＿もある。

b ＿＿＿＿＿によって＿＿＿＿＿も違うから、「郷に入れば郷に従え」だよ。

③ ～によって（基準・根拠）

⇒ 祝日法によって、男女の別なく、こどもの健全な発達を願う祝日となった。

a 学生の＿＿＿＿＿によって、クラスを三つに分けることにしました。

b 未成年者の飲酒は、＿＿＿＿＿によって禁止されている。

「母の日」とカーネーションのお話

　　　1907年、米国のアンナ・ジャービスが亡き母の追悼会で、母親の好きだったカーネーションを参列者たちに配りました。これが米国全土へ広がり、1914年には米議会で5月の第2日曜を「母の日」と定めました。

　　　日本では、教会の働きかけなどもあり、1949年ごろから「母の日」が年中行事として、一般に定着しました。現在でも、子どもが母親にカーネーションを贈ったり、日ごろの感謝を示す日として受け継がれています。

　　　カーネーションの花言葉は、母の愛情、清らかな愛などで、母性愛を表します。赤いカーネーションは「健在する母の愛情」、白いカーネーションは「亡き母から受けた愛情」を表しています。

▶▶ 菖蒲湯　端午の節句は厄除けの行事が行われる日で、中国では災厄を払う薬草として菖蒲を使っていたので、「菖蒲の節句」とも呼ばれます。現在の日本ではお風呂に入れて菖蒲湯にする風習が最も身近なようです。

▶▶ 菖蒲藻

　　　端午節是舉行消災儀式的日子，在中國，使用的是驅除災難的藥草菖蒲，所以又叫「菖蒲節」。在日本現在，把菖蒲放入澡盆做成菖蒲澡，似乎是最貼身的風俗。

新しいことば

追悼会	③ ついとうかい	追悼會
カーネーション	③	康乃馨
参列者	⓪ さんれつしゃ	參加者
教会	⓪ きょうかい	教堂
働きかけ	⓪ はたらきかけ	推動
花言葉	③ はなことば	花語
母性愛	② ぼせいあい	母愛
配る	② くばる	分送
定着する	⓪ ていちゃくする	固定，安定
受け継ぐ	⓪③ うけつぐ	繼承
健在する	⓪ けんざいする	健在
一般に	⓪ いっぱんに	一般，相同地
感謝を示す	かんしゃをしめす	表示感謝
清らか（な）	② きよらか（な）	純潔

答えましょう

1　ゴールデンウイークというのは、なんですか。

_____。

2　五月五日は「こどもの日」ですが、何年に定められましたか。

_____。

3　五月五日は、昔、なんと呼ばれていましたか。それはどんな日でしたか。

_____。

4　「こどもの日」には、どんなものを飾り、どんなものを食べますか。

_____。

5　「こいのぼり」は、どんな話が元になって生まれましたか。

_____。

話しましょう

1　あなたの国では、「こどもの日」は、なんと呼ばれていますか。

2　あなたの国では、「こどもの日」に、特別な物を飾ったり、食べたりしますか。

3　あなたの国には「母の日」がありますか。あれば、その日にどんなことをするか、紹介してください。

4　母の日に、亡くなったお母さんのお墓に供えるのはどんな花ですか。

ー5月（皐月）の暦ー

1 メーデー（5月1日）

　国際労働者祭。労働組合を中心に

集会やデモ行進が行われます。

2　憲法記念日（5月3日）

　1947年5月3日、日本国憲法が発

布されました。それを記念してこの日が国民の祝日と定められまし

た。以来、50年にわたってこの憲法は全く改正を加えられることな

く継続し、天皇象徴制・三権分立・民主主義・人権尊重・平和主

義などをうたっています。

　憲法に関してよく議論されるのが、第九条の問題です。

　　第九条：日本国民は、正義と秩序を基調とする国際平和を誠実

　　　　　に希求し、国権の発動たる戦争と、武力による威嚇ま

　　　　　たは武力の行使は、国際紛争を解決する手段としては、

　　　　　永久にこれを放棄する。

　前項の目的を達するため、陸海空軍その他の戦力は、これを保持

しない。国の交戦権は、これを認めない。

　この第九条を改正するかどうかが、日本の国政上、最大の焦点

になっていて、憲法記念日には、護憲派と改憲派がそれぞれ集会を

開き、激しくぶつかっています。

3　こどもの日（5月5日）

4　国民の休日（5月4日）

「国民の休日」は、働きすぎの現代人に休日を増やそうという

ことで定められました。

5　母の日（5月第2日曜日）

 書きましょう

点

「私の母」をテーマに作文を書いてください。

_____

_____

_____

_____

_____

_____

_____

_____

_____

_____

_____

_____

_____

📞 練習問題

1 ひらがな（下線部）のところを、漢字で書いてください。

① ふくむ 　　② すごしかた 　　③ かいがい旅行

（　　　） 　　（　　　　　） 　　（　　　）

④ だんじょ 　　⑤ ねがう 　　⑥ むかしばなし

（　　　） 　　（　　　） 　　（　　　　　）

⑦ ことば 　　⑧ きょうかい 　　⑨ あいじょう

（　　　） 　　（　　　） 　　（　　　）

2 漢字のところ（下線部）の読み方を、ひらがなで書いてください。

① 憲法 　　② 大型連休 　　③ 行楽地

（　　　） 　　（　　　　　） 　　（　　　）

④ 溢れる 　　⑤ 民族 　　⑥ 健全

（　　　） 　　（　　　） 　　（　　　）

⑦ 急流 　　⑧ 追悼会 　　⑨ 亡き　母

（　　　） 　　（　　　） 　　（　）（　）

3 （　）に助詞（ひらがな一字／要らないときは×）を入れてください。

① ゴールデンウィーク（　）は、4月末（　）（　）5月初め（　）かけて、

祝日（　）重なった大型連休（　）こと（　）言います。

② 祝日（　）土日（　）うまくつながる（　）、1週間（　）（　）の大型

連休（　）発生します。

③ 子ども（　）いる家庭（　）は家族旅行（　）行くこと（　）多いようです。

④ 1949年（　）（　）から「母の日」（　）年中行事（　）して、一般に

定着しました。

4　_____部に、適当な語を選んで、文を完成させてください。

（　つながる／あふれる／うまれる／そだつ　）

①　100メートル走競で世界新記録が_____。

②　島と島が、橋で_____いる。

③　思わず涙が_____きた。

④　彼は子どものとき、アメリカで_____ので、英語が上手だ。

5　_____部に、適当な語を選んで、文を完成させてください。

（　にかけて／によって／によると／に対して　）

①　明日は、ところ_____雨が降るでしょう。

②　昨夜から今朝_____雪が降りました。

③　彼女は誰_____も親切だ。

④　新聞_____、近く消費税が上がるらしい。

6　語の形を変えて文を作ってください。

①　その少女は（大きい→　　　　　）（なる→　　　　　）につれて、美しい娘
　　に（成長する→　　　　　）。

②　今、（勉強する→　　　　　）（おく→　　　　）と、後で後悔するよ。

③　弱い者を（いじめる→　　　　　）りして、あなたは人として（恥ずかしい
　　→　　　　　）のですか。

④　持ち金を全部（使う→　　　　　）きって、夕飯代も（ある→　　　　　）。

世界新記録：世界新紀錄

島：島

橋：橋

思わず：不知不覺地

涙：眼涙

昨夜：昨晚

今朝：今天早上

親切（な）：親切，懇切

新聞：報紙

近く：最近

消費税：消費税

少女：少女

娘：女兒

成長する：長大

後悔する：後悔

恥ずかしい：害羞的，於心有愧的

持ち金：身上帶的錢

▶ ６月の行事とくらし

露天風呂の日と混浴の伝統

＜河原の露天風呂＞

６月２６日は露天風呂の日です。大きな温泉地に行けば、ほとんど露天風呂がありますが、広い屋外で風呂に入るのも開放的で、気分が変わってよいものです。混浴のところも各地に残っていますが、混浴の露天風呂では女性客の方が元気がよく、男性客は恥ずかしそうに下を向いているケースが多いようです。

　日本には「入込み湯」と言って、古くから混浴の風習がありました。奈良時代の「風土記」にも、こんこんと涌き出る温泉に、老若男女の区別なく、みんなが喜んで入ったと書いてあります。

　江戸時代の中期にはたびたび混浴禁止令が出され、やがて男女別の銭湯が生まれるのですが、地方の温泉地では男女がいっしょに温泉につかり、お互いの背中を流し合うのは当たり前のことでした。

今でも混浴の露天風呂はたくさんありますが、入口は男女別でも、中に入ると混浴浴場というところも多いですから、混浴が嫌な人は、事前によく調べておきましょう。

　さて、外国の皆さんにもう一つ気をつけてもらいたいことがあります。日本でお風呂というと湯風呂で、ゆっくり湯につかるのが習

＜家庭の湯風呂＞

慣です。よく外国の人がホームステイすると、お風呂が終わった後、湯を抜いてしまうそうです。しかし日本では、お風呂に入る前に体を洗います。湯風呂にはつかるだけで、浴槽の中で体を洗いませんから、お湯は汚れないのです。これは日本での入浴のマナーなので、覚えておいてください。「郷に入れば郷に従え」ですよ。

新しいことば

露天風呂	⓪ ろてんぶろ	露天溫泉
温泉地	③ おんせんち	溫泉地
屋外	② おくがい	室外，露天
混浴	⓪ こんよく	混浴
ケース	①	例子，情況
老若男女	⑤ ろうにゃくなんにょ	男女老幼
禁止令	きんしれい	禁止令
銭湯	① せんとう	（公共）澡堂
背中	⓪ せなか	背脊
当たり前	⓪ あたりまえ	當然，自然；普通
湯風呂	ゆぶろ	泡澡盆
ホームステイ	⑤	寄宿
浴槽	⓪ よくそう	浴缸
入浴のマナー	にゅうよくのマナー	沐浴禮儀
郷に入れば郷に従え	ごうにいればごうにしたがえ	入境隨俗
湧き出る	③ わきでる	湧出
つかる	⓪	浸泡
抜く	⓪ ぬく	去掉，刪去
気をつける	④ きをつける	注意，當心
開放的（な）	⓪ かいほうてき（な）	開放式
こんこんと	⓪ そなえる	滾滾
たびたび	⓪	屢次，再三
お互いに	⓪ おたがいに	互相
事前に	⓪ じぜんに	事前

気分が変わる　　　　1-0　きぶんがかわる　　轉換心情

〜てある　　　　　　　　　　　　　　　　　表動作完了、動作結果

　　　　　　　　　　　　　　　　　　　　　持續存在。

使いましょう

1 〜そうだ（様態）

⇒　男性客は恥ずかしそうに下を向いているケースが多いようです。

a　＿＿＿＿＿＿そうなケーキ、買っていこうよ。

b　＿＿＿＿＿＿そうに見えるけれど、実際にやるのは難しいよ。

2 〜てある

⇒　……温泉に、老若男女の区別なく、みんなが喜んで入ったと書いてあります。

a　玄関のドアに「猛犬に注意」という札が＿＿＿＿＿＿あった。

b　「もう夕ご飯の準備は終わりましたか。」

　　「はい、もう＿＿＿＿＿あります。」

3 〜ておく（準備）

⇒　混浴が嫌な人は、事前によく調べておきましょう。

a　＿＿＿＿＿＿おいたお菓子を、弟に食べられてしまった。

b　＿＿＿＿＿を冷蔵庫に入れて、＿＿＿＿＿＿おきましょう。

衣替えと入梅

衣替えは季節に応じて衣服を着替えることを言います。季節の変化がはっきりしている日本特有の習慣です。現在では、気候に合わせて何を着ても自由という風潮になっていますが、和服では今もこの習慣が厳格に守られていて、6月1日からは「単」（夏物）、10月1日からは「袷」（冬物）と決められています。

梅雨の季節に入ることを入梅といいますが、これ以後約一ヶ月間ほど雨が続き、うっとうしい期間になります。「梅雨」という言葉は、ちょうど梅の実が熟すころに雨が降ることからつけられたと言われています。

▶▶▶ 衣替え　江戸時代の武家社会では年4回も衣替えをしていたそうです。衣替えが6月1日と10月1日になったのは明治以降で、学校や官公庁、銀行など制服を着用するところでは、現在もほとんどこの日に行われています。

▶▶▶ 換季

據說在江戶時代的武士社會，一年要換季4次之多。明治以後，換季選在6月1日和10月1日，學校、行政機關和銀行等穿制服的地方，現在大多也是在這天開始換季。

新しいことば

衣替え	⓪ ころもがえ	換季
衣服	① いふく	衣服
特有	⓪ とくゆう	特有
気候	⓪ きこう	氣候
風潮	⓪ ふうちょう	風潮，潮流
和服	⓪ わふく	和服
梅雨	⓪ つゆ	梅雨
入梅	⓪ にゅうばい	進入梅雨季
着替える	③ きがえる	換衣服
厳格（な）	⓪ げんかく（な）	嚴格
うっとうしい	⑤	鬱悶的，沈悶的
実が熟す	みがじゅくす	果實成熟
〜に応じて	〜におうじて	根據，按照
〜に合わせる	〜にあわせる	配合
〜ことから		因爲

答えましょう

１　露天風呂というのは、どのような風呂のことですか。

　　_____。

２　露天風呂はどのような点がいいのですか。

　　_____。

３　混浴の風習は、昔はなんと呼ばれていましたか。

　　_____。

４　江戸時代になって、混浴の風習はなくなりましたか。

　　_____。

５　日本の湯風呂に入るとき、気をつけなければならないことはなんですか。

　　_____。

話しましょう

１　あなたの国には混浴の風習がありますか。

２　あなたは日本に残る混浴の習慣をどう思いますか。

３　あなたの国には、衣替えの風習がありますか。あれば、話してください。

４　あなたの国には梅雨がありますか。あれば、いつごろからいつごろまでですか。

ー6月（水無月）の暦ー

1　環境の日（6月5日）

　6月5日は「環境の日」です。1972年6月5日、第一回の地球サミット「国連人間環境会議」が開かれたのを記念して「世界環境デー」が制定されました。日本でも翌年からこの日を「環境の日」と定め、各地の環境保護団体が、クリーンアップ作戦などの運動をこの日を中心に展開しています。

2　海外移住の日（6月18日）

　1908年（明治41年）6月18日、日本から初の集団移住者781名を乗せた笠戸丸がブラジルのサントス港に到着しました。この後、中南米や北米への移民が相次ぎますが、入植した人たちは厳しく辛い生活を送りながら、これらの国々で日系人社会を築きました。ペルーのフジモリ前大統領のことは有名です。

3　父の日（6月第3日曜日）

　日ごろ一生懸命働いている父親に感謝する日として、6月の第3日曜日が、「父の日」として制定されました。米国の家庭では白いバラを贈りますが、日本では「愛する人の無事を願う」という

気持ちを込めて、父の日には「黄色いリボン」を贈ることもあります。

4　露天風呂の日（6月　26　日）

書きましょう

点

あなたの国に、今も残っている昔からの風習について書いてください。

_____

_____

_____

_____

_____

_____

_____

_____

_____

_____

_____

_____

☎ 練習問題

1 ひらがな（下線部）のところを、漢字で書いてください。

① おんせん　　　　② げんき　　　　　③ ちほう

（　　　）　　　　　（　　　　　）　　　　（　　　　　）

④ じぜんに　　　　⑤ ゆを ぬく　　　　⑥ からだ

（　　　）　　　　　（　　）（　　）　　　（　　　　　）

⑦ へんかする　　　⑧ きこう　　　　　　⑨ じゆう

（　　　）　　　　　（　　　　）　　　　　（　　　　　）

2 漢字のところ（下線部）の読み方を、ひらがなで書いてください。

① 屋外　　　　　　② 気分　　　　　　　③ 湧き 出る

（　　　）　　　　　（　　　　　）　　　　（　　）（　　）

④ 老若男女　　　　⑤ 銭湯　　　　　　　⑥ 習慣

（　　　　　　）　　（　　　　）　　　　　（　　　　　）

⑦ 汚れる　　　　　⑧ 梅雨　　　　　　　⑨ 風潮

（　　　）　　　　　（　　　　）　　　　　（　　　　　）

3 （　）に助詞（ひらがな一字／要らないときは×）を入れてください。

① 広い屋外（　）風呂（　）入る（　）も開放的で、気分（　）変わって

よいものです。

② 日本（　）は「入込み湯 」（　）言って、古く（　）（　）混浴（　）

風習（　）ありました。

③ 外国（　）皆さん（　）気（　）つけてもらいたいこと（　）あります。

④ 日本（　）は、湯風呂（　）はつかる（　）（　）で、浴槽（　）中（　）

体（　）洗いません。

4 　_____部に、適当な語を選んで、文を完成させてください。

　　　（　ほとんど／たびたび／ゆっくり／はっきり　）

　① 　言いたいことがあれば、_____言いなさい。

　② 　今日一晩、_____考えてから、返事をします。

　③ 　この仕事を今日中に終わらせるのは、_____不可能です。

　④ 　_____電話して、申しわけありません。

5 　_____部に、適当な語を選んで、文を完成させてください。

　　　（　と／とき／まえ／あと　）

　① 　東京に来る_____、大阪に住んでいました。

　② 　道を渡る_____、車に気をつけましょう。

　③ 　この道をまっすぐ行く_____、駅があります。

　④ 　この論文を読んだ_____で、感想を聞かせてください。

6 　語の形を変えて文を作ってください。

　① 　その鞄、ポケットがたくさん（ある→　　　　　）、（便利→　　　　　）
　　　そうですね。

　② 　ビールは冷蔵庫に（入れる→　　　　　）（冷やす→　　　　　）ある。

　③ 　後で（読む→　　　　　）おきますから、そこに原稿を（置く→　　　　　）
　　　（おく→　　　　　）ください。

　④ 　ご主人がお（帰る→　　　　　）になったら、山田から電話が（ある→
　　　　　　　　　）とお（伝える→　　　　　）ください。

一晩（ひとばん）：一晩

返事（へんじ）：回覆，回答

不可能（ふかのう）（な）：不可能

道を渡る（みち わた）：過馬路

駅（えき）：火車站

論文（ろんぶん）：論文

感想（かんそう）：感想

ポケット：口袋

冷蔵庫（れいぞうこ）：冰箱

原稿（げんこう）：原稿

シートベルト：安全帶

締める（し）：繋緊

▶ ７月の行事とくらし

天の川伝説と「七夕まつり」

七夕といえば、牽牛と織姫が、年に一度だけ天の川を渡って会うことができるという、悲しくロマンあふれる恋の物語を思い出しますね。

この伝説が中国から日本に伝わったのは、奈良時代だそうです。この牽牛星と織女星の伝説と、日本古来の棚機津女の信仰が混ざり合って、星に技芸の上達やお米の豊作を祈る宮中行事が生まれました。それで７月７日が「たなばた」と呼ばれているのです。

江戸時代になると、七夕の行事は民間にも広がりました。笹竹に願いごとを書いた短冊を飾るスタイルもこのころ定着したようです。この短冊を飾るのは６日の夜で、７日には七夕飾りを海や川へ流します。しかし、現在は環境汚染問題から川や海に流せなくなったため、神社で燃やしてもらうのが一般的なようです。全国各地で七夕まつりが行われていますが、中でも仙台と平塚の七夕まつりが有名で

<七夕の笹竹>

す。街は和紙と竹でつくられた豪華な七夕飾りで埋め尽くされます。

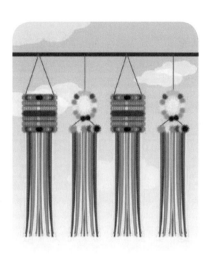

<七夕まつり>

さて、もともと日本では旧暦の七夕でお祝いをしていたのですが、明治に太陽暦へ移行してからは、しだいに新暦で行われるようになりました。ところが新暦の7月7日は梅雨の真っ最中なのです。もしその晩に雨が降って川を渡ることができないと、牽牛と織女はその年はもう会えません。ですから、七夕の晩は雨が降らないようにお祈りしましょうね。

新しいことば

七夕	0	たなばた	七夕
牽牛	0	けんぎゅう	牛郎
織姫	2 0	おりひめ	織女
天の川	3	あまのがわ	銀河
恋の物語	6	こいのものがたり	愛情故事
伝説	0	でんせつ	傳說
信仰	0	しんこう	信仰
技芸	1 0	ぎげい	技術
上達	0	じょうたつ	進步
豊作	0	ほうさく	豐收
笹竹	0	ささたけ	細竹
短冊	0 4	たんざく	詩箋
スタイル	2		風格，作風
環境汚染	5	かんきょうおせん	環境汚染
和紙	1	わし	日本紙
梅雨	0	つゆ	梅雨
真っ最中	3	まっさいちゅう	最盛的時候
思い出す	4 0	おもいだす	想起來，聯想起來
混ざり合う	4	まざりあう	夾雜，摻雜
定着する	0	ていちゃくする	固定
埋め尽くす	4	うめつくす	掩埋
移行する	0	いこうする	轉變，演變
ロマンあふれる			充滿浪漫
中でも	1	なかでも	特別是

豪華（な）	① ごうかな	豪華，奢華
ところが	③	不過，然而
〜といえば		提到，要説

使いましょう

1 〜といえば

⇒　七夕といえば、牽牛と織女が年に一度だけ……という物語を思い出します。

a　_____といえば、もう何年も会っていないなぁ。

b　子どものころといえば、_____を思い出します。

2 〜てもらう

⇒　七夕飾りを海や川へ流して、神さまに持ち去ってもらいます。

a　私は孫さんに_____まで、車で_____もらいました。

b　高いですね。もう少し_____もらえませんか。

3 〜ため（に）（原因・理由）

⇒　川や海に流せなくなったため、神社で燃やしてもらうのが一般的なようです。

a　ご迷惑をおかけしています。ただ今、_____ため、電車が遅れて

おります。

b　_____ために、試験が受けられませんでした。

お中元の起源

　お中元というと、7月のはじめから15日くらいまでに、日ごろお世話になっている親戚や上司に、品物を贈る日本の習慣ですが、もとは日付を表すことばで、その起源は中国にあります。お中元の「中元」は旧暦の7月15日で、道教の習俗「三元（上元・中元・下元）」の一つです。道教ではこの日を贖罪の日として、神に食物を供えてお祀りし、人々をもてなす習慣がありました。これが日本に伝わり、お盆と結びついたのが中元で、お盆に一族が先祖の霊に捧げる品を持ち寄ったのが始まりだと言われています。

新しいことば

お中元	⓪ おちゅうげん	中元節
日ごろ	⓪ ひごろ	平日
親戚	⓪ しんせき	親戚
上司	① じょうし	上司
日付	⓪ ひづけ	日期
起源	① きげん	起源
道教	① どうきょう	道教
習俗	① しゅうぞく	習俗，風俗
贖罪	⓪ しょくざい	贖罪
お盆	② おぼん	盂蘭盆會
結びつく	④ むすびつく	結合
霊に捧げる	れいにささげる	奉獻給神靈
持ち寄る	⓪③ もちよる	各自帶來湊到一起

答えましょう

１　七夕に関係が深い物語はなんですか。

_____。

２　どうして７月７日が「たなばた」と呼ばれるようになりましたか。

_____。

３　竹笹に飾る短冊には何を書きますか。

_____。

４　どうして最近、七夕飾りが海や川に流せなくなりましたか。

_____。

５　お中元というのは何のことですか。

_____。

話しましょう

１　あなたの国に牽牛と織姫のお話があれば、どんな話か紹介してください。

２　あなたの国には、日本の七夕のようなお祭りがありますか。あれば、いつ行われる、どんなお祭りか話してください。

３　あなたの国にはお中元のような贈り物をする習慣がありますか。あれば紹介してください。

４　あなたの国には、日本の「土用の鰻」のように夏に食べる特別な食べ物がありますか。あれば紹介してください。

ー7月（文月）の暦ー

1　七夕（7月7日）

2　土用の鰻

　土用とは、立春・立夏・立秋・立冬の前18日間を言いますが、今では立秋の前だけを土用と呼んでいます。ちょうど大暑の少し前から終わりまでの「暑中」にあたります。土用の入りは、だいたい7月の20日ごろになります。日本に

は土用の丑の日は「う」のつくものを食べる習慣があります。うどん・梅干・うり・鰻などさまざまですが、夏の疲労をとり、夏痩せを防ぐというのが目的のようです。特に「土用の鰻」と言って、鰻を食べるのが一種の夏の行事になっています。

3　海の日（7月第3月曜日）

　7月の第3月曜日は、「海の日」です。もとは「海の記念日」と呼ばれていましたが、その後、1996年に「みんなで海のことを考え、海に親しみ、海を大切にしましょう」という趣旨に立って、国民の祝日「海の日」となりました。

　日本は周りを海で囲まれた海洋国で、海との関わりはとても深いです。古来、文化は中国・朝鮮から海を渡ってもたらされました

し、今も日本と外国との間で行われる貿易の99.8％が海上輸送に支えられています。また海は、魚や貝や昆布など、豊かな水産物を提供してくれています。ところが、普段日本人はこの海の恵みを忘れているようです。そこで、この「海の日」が制定されました。

<＜明治丸＞>

 書きましょう

点

あなたの国のお正月について書いてください。

📠 練習問題

I　ひらがな（下線部）のところを、漢字で書いてください。

① わたる
（　　　　）

② かなしい
（　　　　　）

③ ほし
（　　　　　）

④ かんきょう
（　　　　　　）

⑤ じんじゃ
（　　　　　）

⑥ いっぱんてき
（　　　　　　）

⑦ うみにながす
（　　）（　　）

⑧ たけ
（　　　　　）

⑨ しなもの
（　　　　　）

2　漢字のところ（下線部）の読み方を、ひらがなで書いてください。

① 七夕
（　　　　）

② 物語
（　　　　　）

③ 伝説
（　　　　）

④ 定着する
（　　　　）

⑤ 汚染
（　　　　　）

⑥ 行う
（　　　　）

⑦ 豪華
（　　　　）

⑧ 真っ最中
（　　　　　　）

⑨ 世話
（　　　　）

3　（　）に助詞（ひらがな一字／要らないときは×）を入れてください。

① 七夕 （　） いえば、牽牛 （　） 織姫が年 （　） 一度 （　）（　） 天の川

　　（　） 渡って会うこと （　） できる （　） いう恋の物語 （　） 思い出す。

② 江戸時代 （　） なる （　）、七夕 （　） 行事は民間 （　） も広がった。

③ お中元 （　） いうと、7月のはじめ （　）（　） 15日くらいまで （　）、

　　日ごろお世話 （　） なっている人 （　）、品物 （　） 贈る日本の習慣です。

④ 道教 （　） はこの日 （　） 贖罪 （　） 日 （　） して、神 （　） 食物 （　）

　　供えてお祀りし、人々 （　） もてなす習慣 （　） ありました。

4　_____部に、適当な語を選んで、文を完成させてください。

（　おもいだす／ひろがる／もてなす／おくる　）

① レモンの酸っぱさが、口いっぱいに_____。

② 宿題があったことを、突然_____。

③ ごちそうを作って、お客を_____。

④ 母の日にプレゼントを_____。

5　_____部に、適当な語を選んで、文を完成させてください。

（　さて／ところが／もし／だから　）

① 宝くじを拾った。_____それは一億円の当選くじだった。

② それみろ。_____やめておけと言ったじゃないか。

③ _____私にできることがあったら、何でも言ってください。

④ _____、これからどうしたらいいだろうか。

6　語の形を変えて文を作ってください。

① 「暖冬ですね。」「ええ、（暖冬→　　　　　）といえば、北京では旧正月

　　の（前→　　　　　）のに、気温が18度を（越える→　　　　　）そうです。」

② なんでも（謝る→　　　　　）ば、（許す→　　　　　）もらえると、

　　（考える→　　　　　）方がいいよ。

③ （笑う→　　　　　）過ぎたために、お腹が（痛い→　　　　　）なった。

④ 誰にも（知られる→　　　　　）ように、この手紙を彼女に（渡す→

　　　　　　）いただけませんか。

突然：突然

酸っぱい：酸的

ごちそう：酒席，菜飯

宝くじ：彩券

拾う：拾，撿

当選くじ：中奬彩券

暖冬：暖冬

旧正月：農暦新年

気温：氣溫

謝る：道歉

許す：原諒，饒恕

〜過ぎる：過度，過多

▶▶ 8月の行事とくらし

夏の風物詩－盆踊りと花火大会－

　お盆は旧暦の7月15日を中心に行われる先祖供養の儀式で、先祖の霊があの世からこの世に戻ってくるという日本古来の信仰と、仏教が結びついてできた行事です。明治以後に多くの行事が新暦（太陽暦）に移行しましたが、お盆の行事だけは、今でも8月の同じ期間に行う地方が多いようです。だいたい8月13日の「迎え盆」から16日の「送り盆」までの4日間をお盆としています。

＜灯籠流し＞

　お盆の間に、人々はお墓まいりをして、お墓の掃除をします。自宅の仏壇もきれいに掃除して、花や季節の野菜を供えます。そして盆の終わりには、送り火をしてご先祖さまをあの世へ送り出す行事、灯籠流しがあります。京都の有名な「大文字焼き」（正式名：五山の送り火）は、これが大規模になったものです。日本人にとって、先祖供養のための、一年で一番大切な日と言えるでしょう。

　さて、お盆の期間に寺の境内や町の広場などでは盆踊りが行われます。村や町内会の恒例行事となっていますから、日本人なら誰でも心に残る夏祭りや盆踊りの思い出があることでしょう。今でこ

そ、盆踊りというと、人々が櫓を囲んで太鼓を打ち、ゆかたを着て踊って楽しむ遊びのイメージしかありませんが、もともとはお盆に戻った霊を慰めて、送り出すための儀式だったのです。このお盆、盆踊りと切り離せないのが、夏の風物詩、花火大会でしょうね。

＜高知の阿波踊り＞

95

新しいことば

お盆	② おぼん	盂蘭盆會
あの世	③⓪ あのよ	黃泉，來世
この世	③⓪ このよ	人世
先祖供養	④ せんぞくよう	供奉祖先
儀式	① ぎしき	儀式，典禮
信仰	⓪ しんこう	信仰
仏壇	⓪ ぶつだん	神壇
送り火	③⓪ おくりび	送神火
灯籠流し	⑤ とうろうながし	放水燈，在盂蘭盆會最後一天舉行。
境内	① けいだい	（神社、寺院等的）院內
盆踊り	③ ぼんおどり	盂蘭盆會舞
恒例行事	⑤ こうれいぎょうじ	例行儀式
思い出	⓪ おもいで	回憶
ゆかた	⓪	夏季穿的單和服，浴衣
イメージ	②①	形象
風物詩	④③ ふうぶつし	季節詩，即景詩；季節的象徵
花火大会	④ はなびたいかい	煙火大會
慰める	④ なぐさめる	撫慰
だいたい	⓪	大致，大體上
大規模（な）	③ だいきぼ（な）	大規模
さて	①	那麼，且說（用以結束前面話題並提起新話題）

櫓を囲む　　　　　やぐらをかこむ　　　圍著瞭望台

太鼓を打つ　　　　たいこをうつ　　　　打鼓

～を中心に　　　　～をちゅうしんに　　以～爲主

～を～とする　　　　　　　　　　　　　將～當成～

～こそ　　　　　　　　　　　　　　　　唯有，才，正是

使いましょう

1 ～を～とする

⇒　8月13日の「迎え盆」から16日の「送り盆」までの4日間をお盆としています。

a　この会は＿＿＿＿＿＿を目的としてつくられたボランティア団体です。

b　警察はその男を＿＿＿＿＿＿＿＿として、全国に指名手配した。

2 ～ため（に／の）（目的）

⇒　先祖供養のための……／お盆に戻った霊を慰めて、送り出すための儀式

a　＿＿＿＿＿＿＿＿＿ために、みんなで歓迎会を開きました。

b　人は食べるために＿＿＿＿＿のではなく、生きるために＿＿＿＿＿のです。

3 ～こそ

⇒　今でこそ、盆踊りというと、人々が櫓を囲んで太鼓を打ち、……

a　「主人がいろいろお世話になっております。」

　　「いいえ、＿＿＿＿＿こそ。」

b　今年はだめだったが、＿＿＿＿＿こそは合格するぞ。

暑中見舞い

　暑中というのは「大暑」にあたる期間のことで、7月20日ごろから8月8日ごろの立秋の前日までを指します。ですから、暑中見舞いはこの間に相手に着くように出します。その期間を過ぎた場合は、残暑見舞いとして出します。

　なお、年賀状のように、暑中見舞い・残暑見舞いをいただいた場合も、必ず礼状を出しましょうね。

暑中お見舞い申し上げます

厳しい暑さが続いておりますが、いかがお過ごしでございましょうか。日頃はひとかたならぬお引立てにあずかり厚くお礼申し上げます。酷暑の折、くれぐれもご自愛のほどお祈り申し上げます。

平成十七年盛夏

▐▶ 全国高校野球大会

　もう一つの夏の風物詩が、全国高校野球大会。毎年、甲子園球場で熱戦が繰り広げられる。

▐▶ 全國高中棒球大會

　另一個夏天的代表事物是，全國高中棒球大會。每年，在甲子園球場展開一場激戰。

新しいことば

暑中見舞い	④ しょちゅうみまい	盛暑問候
大暑	① たいしょ	大暑，酷暑
残暑見舞い	④ ざんしょみまい	残暑慰問
礼状	⓪ れいじょう	謝函，感謝卡
指す	① さす	指，指示
必ず	⓪ かならず	必定，必然
〜として		作爲〜

答えましょう

1　お盆というのは、どのような行事ですか。

＿＿＿＿＿＿＿＿＿＿＿＿＿＿＿＿＿＿＿＿＿＿＿＿＿＿＿＿＿＿＿＿。

2　「あの世」というのはどういう意味ですか。

＿＿＿＿＿＿＿＿＿＿＿＿＿＿＿＿＿＿＿＿＿＿＿＿＿＿＿＿＿＿＿＿。

3　灯籠流しというのは、何のために行う行事ですか。

＿＿＿＿＿＿＿＿＿＿＿＿＿＿＿＿＿＿＿＿＿＿＿＿＿＿＿＿＿＿＿＿。

4　盆踊りは、もともとどのような意味を持っていましたか。

＿＿＿＿＿＿＿＿＿＿＿＿＿＿＿＿＿＿＿＿＿＿＿＿＿＿＿＿＿＿＿＿。

5　お盆は、日本人にとってどんな日ですか。

＿＿＿＿＿＿＿＿＿＿＿＿＿＿＿＿＿＿＿＿＿＿＿＿＿＿＿＿＿＿＿＿。

話しましょう

1　あなたの国には盆踊りのようなみんなで踊る行事がありますか。

　あれば紹介してください。

2　あなたの国には、年賀状や暑中見舞いのような書状を送る習慣がありますか。

　あれば話してください。

3　あなたの国にはどのような宗教がありますか。

4　あなたの国で、夏の風物詩といえば、どんなものがありますか。

－8月（葉月）の暦－

Ⅰ　原爆投下～敗戦（8月15日）へ

8月6日　　広島に原爆投下

8月9日　　長崎に原爆投下

8月15日　ポツダム宣言受諾・日本無条件降伏

　　　　　（＝「終戦記念日」）

8月30日　連合国最高司令官マッカーサー元帥、

　　　　　厚木飛行場に降り立つ。

忘れてはならない「原爆～終戦記念日」

　アメリカ軍は1945年の8月6日広島に、8月9日長崎に原爆を投下しました。広島では30万人、長崎では8万人の市民の命が一瞬にして奪われました。軍部はなお「本土決戦」を叫んでいましたが、天皇の決断で「ポツダム宣言」の受諾が決定されました。

　1945年8月15日、NHKラジオは天皇の肉声によって全国民に日本が戦争に負けたことを伝えました。日本ではこの日を太平洋戦争終結の日として、終戦記念日としています。他方、この日は韓国や台湾の人々にとっては日本の植民地支配から解放された記念すべき日であり、台湾では「光復節」として国民の祝

<広島に投下された原爆>

日となっています。

2　夏休みの終わり（8月　31　日）

小中学校では、夏休みを7/20〜8/31としているところがほとんどですが、夏暑い地域では少し長いかわりに冬休みが短くなったり、逆に冬寒い地域では夏休みを短くされて冬休みが長かったりします。

しかし、ほとんどの小中学校では、この日に楽しい夏休みが終わります。

書きましょう

点

あなたが子どものころの、楽しい夏休みの思い出について書いてください。

_____

_____

_____

_____

_____

_____

_____

📞 練習問題

1　ひらがな（下線部）のところを、漢字で書いてください。

① ちゅうしん 　　② ぶっきょう 　　③ そうじする

（　　　　　） 　　（　　　　　　） 　　（　　　　　　）

④ ゆうめい 　　⑤ たいせつ 　　⑥ てら

（　　　　　） 　　（　　　　　） 　　（　　　　　）

⑦ ひろば 　　⑧ おくりだす 　　⑨ はなび

（　　　　　） 　　（　　　）（　　　） 　　（　　　　　）

2　漢字のところ（下線部）の読み方を、ひらがなで書いてください。

① 先祖供養 　　② 信仰 　　③ お墓

（　　　　　） 　　（　　　　　） 　　（　　　　　）

④ 境内 　　⑤ 恒例 　　⑥ 盆踊り

（　　　　　） 　　（　　　　　） 　　（　　　　　）

⑦ 慰める 　　⑧ 暑中見舞い 　　⑨ 年賀状

（　　　　　） 　　（　　　　　　） 　　（　　　　　）

3　（　）に助詞（ひらがな一字／要らないときは×）を入れてください。

① 明治以後（　）多く（　）行事（　）新暦（　）移行しました。

② お盆（　）は先祖（　）霊（　）あの世（　）（　）この世（　）戻っ
てくる（　）いう日本古来（　）信仰（　）ある。

③ 日本人（　）（　）誰（　）（　）心（　）残る夏祭り（　）盆踊り（　）
思い出（　）あることでしょう。

④ 今（　）は盆踊り（　）いう（　）、人々（　）ゆかた（　）着て踊っ
て楽しむ遊び（　）イメージ（　）（　）ありません。

4 ＿＿＿＿部に、適当な語を選んで、文を完成させてください。

（　はずかしい／かなしい／きれい／たのしい　）

① 人生、＿＿＿＿＿＿生きなければ損ですよ。

② 少女は＿＿＿＿＿＿そうに、顔を赤くして下を向いた。

③ 彼女の日本語の発音は、とても＿＿＿＿＿＿です。

④ 言いにくいことですが、＿＿＿＿＿＿お知らせがあります。

5 ＿＿＿＿部に、適当な語を選んで、文を完成させてください。

（　を中心に／に応じて／というと／こそ　）

① 最近、休日＿＿＿＿＿＿雨が降るね。

② どこの国も自分の国＿＿＿＿＿＿世界地図を書いている。

③ わが社は、社員の業績＿＿＿＿＿＿給料を払います。

④ このような困難な時に＿＿＿＿＿＿、全員が力を合わせなければならない。

6 語の形を変えて文を作ってください。

① 今回の登山は、安全を（第一→　　　　　）として、決して無理を
（する→　　　　　）ように（する→　　　　　）なさい。

② 父は娘を医大に（行く→　　　　　）ために、塾に（通う→　　　　　）。

③ （暑い→　　　　　）のためか、どうも食欲が（ある→　　　　　）。

④ 「金さん、席が（空く→　　　　　）います。お（座る→　　　　　）ください」
「あなたこそ、お（疲れる→　　　　　）でしょう。どうぞ」

人生：人生
じんせい

少女：少女
しょうじょ

発音：發音
はつおん

最近：最近
さいきん

世界地図：世界地圖
せかいちず

業績：業績
ぎょうせき

給料を払う：付薪水
きゅうりょう はら

困難（な）：困難
こんなん

力を合わせる：齊心協力
ちから あ

登山：登山，爬山
とざん

安全：安全
あんぜん

無理をする：勉強
むり

塾に通う：上補習班
じゅく かよ

食欲：食慾
しょくよく

空く：空出，挪出
あ

▶ ９月の行事とくらし

関東大震災と「防災の日」

　　９月１日は「防災の日」です。1923年のこの日に起きた関東大震災（死者・行方不明者14万人以上、江戸以来の木造建築はこのとき、火事で焼失しました）の教訓を忘れないという意味を込めて、1960年に制定されました。

＜関東大震災時の横浜＞

　　もう一つの由来が「二百十日」という厄日です。立春から数えて210日目、太陽暦で９月１日ごろが、台風が一番よく来襲する厄日なのです。そこで、９月１日の防災の日には、日本全国で大地震や災害の発生を想定した防災訓練が行われています。

　　日本では昔から怖いものを順に並べて、「地震・雷・火事・親父」と言いました。最近では「親父」は怖くなくなりましたが、やはり地震は日本人が一番怖いものでしょう。1995年１月17日にも阪神淡路大震災が起こり、死者6,434名、行方不明者３名、家屋の倒壊など、10兆円規模の被害を出しています。

　　そのため、日本の家庭では、いざという時に備えて避難場所を確認しあい、各人用の非常持ち出し袋が用意されています。その中

身は一人で持ち出せる最低限のもの、例えば、ミネラルウォーター、インスタント食品、缶詰、医薬品などです。みなさん、「備えあれば、憂いなし」ですよ。

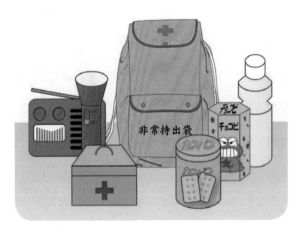

＜非常持ち出し袋＞

新しいことば

防災	⓪ ぼうさい	防災
行方不明者	⓪ ゆくえふめいしゃ	失蹤者
木造建築	⑤ もくぞうけんちく	木造建築
教訓	⓪ きょうくん	教訓
由来	⓪ ゆらい	由來，來歷
厄日	② やくび	災難日
台風	③ たいふう	颱風
災害	⓪ さいがい	災害
雷	③④ かみなり	雷
規模	① きぼ	規模，範圍
避難場所	④ ひなんばしょ	逃生場所
非常持ち出し袋	⑧ ひじょうもちだしぶくろ	緊急救生包
ミネラルウオーター	⑤	礦泉水
インスタント食品	⑦ インスタントしょくひん	速食麵
缶詰	③④ かんづめ	罐頭
医薬品	⓪ いやくひん	醫藥用品
焼失する	⓪ しょうしつする	燒毀
来襲する	⓪ らいしゅうする	襲擊，來襲
備える	③ そなえる	防備，預先準備
～以来	～いらい	以來
～を込めて	～をこめて	包括在內，計算在內
怖い	② こわい	可怕
家屋の倒壊	かおくのとうかい	房屋毀損
被害を出す	ひがいをだ	受害

いざという時	いざというとき	緊急的時候
備えあれば憂いなし	そなえあればうれいなし	有備無患

使いましょう

1 ～以来／～て以来

⇒ 江戸以来の木造建築は、このとき、火事で焼失しました。

a 父は病気で入院して以来、＿＿＿＿＿＿＿＿＿＿＿＿＿＿＿＿。

b 先月以来、＿＿＿＿＿＿＿＿＿＿＿＿＿＿＿＿＿。

2 ～を込めて

⇒ 関東大震災の教訓を忘れないという意味を込めて、1960年に制定されました。

a 母はいつも＿＿＿＿＿＿を込めて、私たちのお弁当を作ってくれた。

b 無事に育ってほしいという願いを込めて、母は＿＿＿＿＿＿＿＿。

3 ～なくなる

⇒ 最近では「親父」は怖くなくなりました。

a 昔はとてもおいしかったけど、最近、あまり＿＿＿＿＿＿＿＿ね。

b 若いころはずいぶん飲んだが、年をとってあまりお酒が＿＿＿＿＿

＿＿＿＿＿＿。

敬老の日（9月15日）

9月15日は「敬老の日」です。長い間社会のために尽くしてきた高齢者を敬い、長寿を祝う日ですが、それとともに若い世代に高齢者福祉に関心を持ってもらおうという気持ちが込められています。

みなさん、高齢者というのは何歳からか知っていますか。一般に65歳以上を高齢者と呼び、高齢者の割合が7％～14％の社会を高齢化社会、14％～21％の社会を高齢社会、それ以上を超高齢社会と呼んでいます。日本は1994年に高齢社会となりましたが、2010年には超高齢社会となる見込みです。

▶ お月見（中秋の名月）

お月見は旧暦の8月15日に月を鑑賞する行事で、「中秋の名月」、「十五夜」と呼ばれます。月見の日には、おだんごやススキ、サトイモなどをお供えします。

▶ 賞月（中秋滿月）

賞月是在舊曆8月15日觀賞月亮的活動，稱作「中秋滿月」、「十五夜」。賞月的日子，會供奉糰子、狗尾草和芋頭。

新しいことば

敬老の日	けいろうのひ	敬老節
高齢者	③ こうれいしゃ	老年者
長寿	① ちょうじゅ	長壽
福祉	② ふくし	福利
割合	⓪ わりあい	比例
見込み	⓪ みこみ	預料，估計
尽くす	② つくす	盡力，竭力
敬う	③ うやまう	尊敬
～とともに		伴隨
～に関心を持つ	～にかんしんをもつ	抱持關心

答えましょう

1　防災の日にはどのようなことが行われますか。

　　＿＿＿＿＿＿＿＿＿＿＿＿＿＿＿＿＿＿＿＿＿＿＿＿＿＿＿＿＿＿＿＿＿。

2　「二百十日」というのはどのような日ですか。

　　＿＿＿＿＿＿＿＿＿＿＿＿＿＿＿＿＿＿＿＿＿＿＿＿＿＿＿＿＿＿＿＿＿。

3　日本の家庭では、地震に備えて、どのような準備をしていますか。

　　＿＿＿＿＿＿＿＿＿＿＿＿＿＿＿＿＿＿＿＿＿＿＿＿＿＿＿＿＿＿＿＿＿。

4　非常持ち出し袋にはどんな物が入っていますか。

　　＿＿＿＿＿＿＿＿＿＿＿＿＿＿＿＿＿＿＿＿＿＿＿＿＿＿＿＿＿＿＿＿＿。

5　高齢社会というのは、どのような社会のことですか。

　　＿＿＿＿＿＿＿＿＿＿＿＿＿＿＿＿＿＿＿＿＿＿＿＿＿＿＿＿＿＿＿＿＿。

話しましょう

1　あなたが怖いと思うものを、順番に四つあげてください。

　　あれば紹介してください。

2　あなたの国には日本の敬老の日に似た行事がありますか。

　　あれば紹介してください。

3　あなたはおじいさん、おばあさんになったら、どんな生活がしたいですか。

4　あなたの国には、お月見の風習がありますか。あれば紹介してください。

ー9月（長月）の暦ー

1 防災の日（9月1日）

2 菊（重陽）の節句（9月9日）

3 中秋の名月（9月15日）

　旧暦で8月15日の月を「十五夜」「中秋の名月」と言います。旧暦では1～3月が春、4～6月が夏、7～9月が秋、10～12月が冬です。そこで8月は秋の真ん中の月なので「中秋」と呼ばれています。

　古来、満月が一番美しいものとされました。中でも中秋のこの時期は空気が澄んでいて、最も美しい満月が見られるということで、平安時代初期に、この日に月を見ながら宴会をする風習ができたのです。一般庶民の間に広まったのは江戸時代以降で、月の見えるところにすすきを飾り、月見団子、里芋、枝豆などを盛って、大人は月見酒を飲みます。

＜月見団子＞

4 敬老の日（9月15日）

5 秋分の日（9月23日ごろ）

　秋分の日は春分の日と同様に、昼と夜の長さが等しくなる日です。秋分の日を中心とした前後一週間を「秋彼岸」と言いま

す。家々では、家族でお墓まいりに行ったり、祖先を供養する「法会」を行ったりします。

　もともと日本では、春分と秋分のころに豊作を祝う神道行事がありましたが、仏教の浸透とともに秋分は「秋の彼岸」として祖先を供養する意味を持ち始めました。そして1948年には、広い意味で「祖先を敬い、亡くなった人を忍ぶ日」として国民の祝日に制定されました。

書きましょう

点

あなたの国で起こった大きな天災について書いてください。

_____

_____

_____

_____

_____

_____

_____

_____

🕿 練習問題

1 ひらがな（下線部）のところを、漢字で書いてください。

① 江戸<u>いらい</u>　　　② <u>かじ</u>で焼ける　　　③ <u>わすれる</u>

（　　　　）　　　　　　（　　　　　　）　　　　　　（　　　　　）

④ <u>いみ</u>　　　　　　⑤ <u>たいふう</u>　　　　　⑥ <u>じしん</u>

（　　　　）　　　　　　（　　　　　　）　　　　　　（　　　　　）

⑦ <u>かみなり</u>　　　　⑧ <u>よういする</u>　　　　⑨ <u>たとえば</u>

（　　　　）　　　　　　（　　　　　　）　　　　　　（　　　　　）

2 漢字のところ（下線部）の読み方を、ひらがなで書いてください。

① <u>行方</u>不明　　　　② <u>木造</u>建築　　　　③ <u>由来</u>

（　　　　　　）　　　（　　　　　　　）　　　（　　　　　）

④ <u>来襲</u>する　　　　⑤ <u>家屋</u>　　　　　　⑥ <u>被害</u>

（　　　　　）　　　　（　　　　　）　　　　（　　　　　）

⑦ <u>中身</u>　　　　　　⑧ <u>備</u>　える　　　　⑨ <u>長寿</u>

（　　　　　）　　　　（　　　　　）　　　　（　　　　　）

3 （　）に助詞（ひらがな一字／要らないときは×）を入れてください。

① 立春（　）（　）数えて210日目、太陽暦（　）9月1日ごろが、台風（　）

　 一番（　）よく来襲する厄日なのです。

② 防災の日（　）は、日本全国（　）大地震（　）災害（　）発生（　）

　 想定した防災訓練（　）行われています。

③ 日本（　）家庭（　）は、いざ（　）いう時（　）備えて避難場所（　）

　 確認しあい、非常持ち出し袋（　）用意されています。

④ 高齢者（　）いう（　）は何歳から（　）知っています（　）。

4 　＿＿＿＿部に、適当な語を選んで、文を完成させてください。

（　やはり／いざ／たとえば／いっぱんに　）

① 　その資料は、まだ＿＿＿＿＿＿公開されていない。

② 　＿＿＿＿＿＿畳の部屋は落ち着くね。

③ 　＿＿＿＿＿＿受験というときになって、慌てないように。

④ 　この国は多くの問題、＿＿＿＿＿＿環境問題などを抱えている。

5 　＿＿＿＿部に、適当な語を選んで、文を完成させてください。

（　以来／以前／以後／以外　）

① 　私たちは＿＿＿＿＿＿ほどお米を食べなくなりました。

② 　どうもすみませんでした。＿＿＿＿＿＿気をつけます。

③ 　彼とは小学校＿＿＿＿＿＿のつきあいです。

④ 　関係者＿＿＿＿＿＿の立ち入りを禁止する。

6 　語の形を変えて文を作ってください。

① 　私は日本に（留学する→　　　　　）以来、まだ一度も国に（帰る→　　　　　） 　（いる→　　　　　）。

② 　母はいつも（私→　　　　　）ために、心を（込める→　　　　　）お弁当を （作る→　　　　　）くれた。

③ 　ワープロを（使う→　　　　　）ようになって、漢字が（書く→　　　　　） なくなった。

④ 　老後に（備える→　　　　　）、（貯金する→　　　　　）おこうと思う。

資 料：資料

公開する：公開

畳 の部屋：榻榻米房間

落ち着く：（事物）安定，平靜；

（心神情緒）沈靜，鎮靜

慌てる：慌張

抱える：擁有（多指成為負擔的人或事物）

関係者：相關人員

立ち入り：進入

禁止する：禁止

老後：晚年

貯金する：儲蓄

▶ 10月の行事とくらし

「体育の日」と秋の運動会

＜二人三脚走＞

以前は10月10日、今は10月の第2月曜日が「体育の日」として祝日になっています。この「体育の日」は、1964年のこの日、東京オリンピックの開会式が行われたのを記念して制定されました。東京オリンピックは、日本にとって「戦後」の終わりを告げるものでした。このイベントを境にして、日本は貧しい国から豊かな国へと変身し、高度経済成長の時代のまっただ中に飛び込みます。

　さて、この「体育の日」の行事といえば小中学校で行われる「秋の運動会」でしょう。では、この「運動会」はいつのころから始まったのでしょうか。日本でも刀術や弓術、馬術など特定の競技大会はあったのですが、「運動会」という体育全般にわたる行事は行われていませんでした。どうも運動会という行事は、明治の文明開化のころに西洋から持ち込まれたらしいです。最初は軍事訓練に近いものだったらしいのですが、回を重ねるにつれて、地域ぐるみのお祭りになっていきました。運動会では、秋晴れの空の下、親子が一緒に手づくりの弁当を広げ、親たちは「がんばれ～」

と声の限りに自分の娘や息子に声援を送ります。ですから、子どもたちにとって、運動会は昔も今も特別な行事なのです。

　現代社会では運動不足やストレス、脂肪や糖分の多い食べ物を原因とする肥満が心配されるようになっていますから、「体育の日」を契機にして、それぞれの体力や年齢に合ったスポーツを始めるのもいいかもしれませんね。

＜綱引き＞

新しいことば

体育	1	たいいく	體育
オリンピック	4		奧林匹克
イベント	0		活動
高度経済成長	8	こうどけいざいせいちょう	高度經濟成長
まっただ中	3 4	まっただなか	最盛的時候，正當中
刀術	0	とうじゅつ	刀術
弓術	0	きゅうじゅつ	射箭術
馬術	1	ばじゅつ	馬術
特定	0	とくてい	特定
競技大会	4	きょうぎたいかい	競技大賽
文明開化	5	ぶんめいかいか	文明開化
軍事訓練	4	ぐんじくれん	軍事訓練
秋晴れ	0	あきばれ	秋季的春天
ストレス	2		壓力
脂肪	0	しぼう	脂肪
糖分	1	とうぶん	糖分
スポーツ	2		運動
告げる	0	つげる	告訴，宣佈
変身する	0	へんしんする	變身
飛び込む	3	とびこむ	跳進，投身
持ち込む	0 3	もちこむ	帶入
地域ぐるみ		ちいきぐるみ	包括地方在內
回を重ねる		かいをかさねる	次數重複
声援を送る		せいえんをおくる	聲援

~にわたる　　　　　　　　　　　　　　　　　　（時間）持續

~につれて　　　　　　　　　　　　　　　　　　隨著

~の下で　　　　　　　~のもとで　　　　　　（表條件、前提）~下

~の限りに　　　　　　~のかぎりに　　　　　在~範圍內

~を契機にして　　　　~をけいきにして　　　以~爲轉機

使いましょう

1　~らしい

⇒　運動会という行事は、文明開化の時に西洋から持ち込まれたらしいです。

a　どうやらその話は＿＿＿＿＿＿＿＿＿らしい。

b　今朝の天気予報によると、今日は午後から＿＿＿＿＿＿＿＿らしい。

2　~につれて

⇒　回を重ねるにつれて、地域ぐるみのお祭りになっていきました。

a　年をとるにつれて、＿＿＿＿＿＿＿＿＿＿＿＿＿＿。

b　時が経つにつれて、＿＿＿＿＿＿＿＿＿＿＿＿＿＿。

3　~かもしれません

⇒　それぞれの体力や年齢に合ったスポーツを始めるのもいいかもしれ

ませんね。

a　もしかしたら、＿＿＿＿＿＿＿＿＿＿＿＿かもしれません。

b　＿＿＿＿＿＿＿＿＿＿＿かもしれないが、よく覚えていないんだ。

秋の収穫を祝う「神嘗祭」とハロウィン

　10月15日から25日にかけて、伊勢神宮では神嘗祭が行われます。これは、その年にとれた新しい米を最初に神さまに捧げて、秋の実りに感謝する行事です。戦前は祝日になっていました。

　同じようなお祭りに「ハロウィン」があります。このお祭りは、古代ケルト人の秋の収穫感謝祭に起源があると言われています。アメリカでは子どもたちはかぼちゃの中身をくりぬいたちょうちんを作り、夜になると怪物の格好をして近所の家を訪ね歩き、「Trick or treat？」（いたづらされたい？嫌なら接待して）と言ってお菓子をもらいます。

▐▶ 神嘗祭

伊勢神宮で行われる収穫祭。

▐▶ 神嘗祭

在伊勢神宮舉行的豐年祭。

新しいことば

神嘗祭	③④	かんなめさい	神嘗祭
秋の実り	①	あきのみのり	秋收
ハロウィン	②①		萬聖節
古代ケルト人		こだいケルトじん	古代凱爾特人
かぼちゃ	⓪		南瓜
ちょうちん	③		燈籠
怪物	⓪	かいぶつ	妖怪
捧げる	⓪	ささげる	供獻
くりぬく	③⓪		挖通，鑿穿
訪ね歩く	⑤	たずねあるく	到處拜訪
格好をする		かっこうをする	打扮，姿態
いたずらする	⓪		惡作劇

答えましょう

1　体育の日には各地でどのようなことが行われますか。

　　_____。

2　東京オリンピックは日本にとってどのような年でしたか。

　　_____。

3　日本で始まったばかりの運動会はどのようなものでしたか。

　　_____。

4　今の日本の運動会はどのような様子ですか。

　　_____。

5　日本の神嘗祭とハロウィンは、どこが共通していますか。

　　_____。

話しましょう

1　あなたの国の小中学校では、いつごろ運動会が開かれますか。また運動会の
　　様子はどうですか。

2　あなたが一番好きなスポーツは何ですか。それはどうしてですか。

3　あなたの国には、秋の収穫を祝う行事やお祭りがありますか。

4　あなたが秋と聞いて、思い浮かべることはなんですか。

ー10月（神無月）の暦ー

1　衣替え（10月1日）

　衣替えの習慣は、宮中行事として始まりました。その当時は、旧暦の4月1日と10月1日に行われていました。衣替えが6月1日と10月1日に変わったのは明治以降で、学校や官公庁、銀行など、制服を着用するところでは、現在もこの日に衣替えが行われています。

2　体育の日（10月第2月曜日）

3　神嘗祭（10月15日〜25日）

4　原子力の日（10月26日）

　1963年10月26日、東海村日本原子力研究所の動力試験炉が日本初の発電に成功したことを記念して、原子力の日が定められました。ほんとうは原子力発電などせずに済めばいいのですが、まだ太陽光発電などの次世代の発電が実用の域に達していません。それまでは原子力発電に頼るしかないのも事実です。「原子力発電所が安全だというのなら、皇居の隣に作ったらどうだ」という議論がありますが、ほんとうに皇居の中に作ってもいいくらいの安全対策を取るべきでしょう。同時

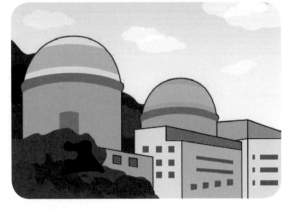

関西電力＜高浜原子力発電所＞

に、少しでも早く次世代のエネルギー開発の研究を進める必要が

あるでしょう。

5　ハロウィン〔Halloween〕（10月　31　日）

 書きましょう

点

あなたの国で人気のあるスポーツについて書いてください。

_____

_____

_____

_____

_____

_____

_____

_____

_____

_____

_____

☎ 練習問題

１　ひらがな（下線部）のところを、漢字で書いてください。

① たいいく　　　　② かいかいしき　　　③ うんどうかい
（　　　　）　　　　　（　　　　　　）　　　　（　　　　　　）

④ せいよう　　　　⑤ そら　　　　　　　⑥ むすこ
（　　　　）　　　　　（　　　　）　　　　　（　　　　）

⑦ げんいん　　　　⑧ しんぱいする　　　⑨ むかし
（　　　　）　　　　　（　　　　）　　　　　（　　　　）

２　漢字のところ（下線部）の読み方を、ひらがなで書いてください。

① 貧　しい　　　　② 豊　かな　　　　　③ 経済
（　　　　）　　　　　（　　　　）　　　　　（　　　　）

④ 弓術　　　　　　⑤ 文明開化　　　　　⑥ 脂肪
（　　　　）　　　　　（　　　　）　　　　　（　　　　）

⑦ 肥満　　　　　　⑧ 捧　げる　　　　　⑨ 格好
（　　　　）　　　　　（　　　　）　　　　　（　　　　）

３　（　）に助詞（ひらがな一字／要らないときは×）を入れてください。

① 「体育の日」は、1964年の10月10日（　）、東京オリンピック（　）

開会式（　）行われた（　）（　）記念して制定されました。

② 回（　）重ねる（　）つれて、地域（　）お祭り（　）なっていった。

③ 子どもたち（　）とって、運動会（　）昔（　）今（　）特別な行事な

のです。

④ 「体育の日」（　）契機（　）して、それぞれ（　）体力（　）年齢（　）

合ったスポーツ（　）始める（　）もいいかもしれませんね。

4　_____部に、適当な語を選んで、文を完成させてください。

（　イメージ／イベント／ストレス／スポーツ　）

① そんな報道をされたら、学校の_____が悪くなる。

② 創立記念日は、会社にとって大切な_____です。

③ _____が原因で、いろいろな病気が起こる。

④ 私が一番好きな_____は、マラソンです。

5　_____部に、適当な語を選んで、文を完成させてください。

（　によって／につれて／を契機にして／を込めて　）

① 誠意_____謝れば、きっと許してくれるよ。

② この問題は話し合い_____解決するべきだ。

③ 物価が高くなる_____、生活が苦しくなっていった。

④ 父は入院_____、お酒もタバコもやめました。

6　語の形を変えて文を作ってください。

① 試合が（近づく→　　　　　）につれて、練習は（厳しい→　　　　　）を
増す→　　　　　）いった。

② 試験は君が（思う→　　　　　）いるほど、（簡単だ→　　　　　）らしい。

③ もしかしたら（癌→　　　　　）かもしれないから、（検査する→　　　　　）
（もらう→　　　　　）方がいいよ。

④ （重要→　　　　　）ことは、夢を（持つ→　　　　　）続けることだ。

報道する：報導

創立記念日：成立紀念日

マラソン：馬拉松

誠意：誠意

解決する：解決

物価：物價

苦しい：艱苦的，困難的

入院する：住院

近づく：鄰近，迫近

増す：増加，増多

癌：癌症

検査する：檢査

重要（な）：重要

▶ １１月の行事とくらし

七五三と童謡「とおりゃんせ」

　七五三のお祝いは、三歳と五歳の男児と三歳と七歳の女児の成長を祝う儀式です。家族そろって、１１月１５日に地元の氏神さまや神社にお参りします。

　七五三の祝いに神社に行ってお札を納める様子を歌った歌に「とおりゃんせ」という童謡があります。この歌は「とおりゃんせ、とおりゃんせ、ここはどこの細道じゃ、天神さまの細道じゃ……」という歌詞に始まるのですが、「行きはよいよい、帰りは恐い」という恐ろしい歌詞で終わります。どうして帰りが恐いのか、諸説あるのですが、当時、「七つ前は神の子」という言葉があったように、医療が発達していませんし、疫病や栄養不足による乳幼児の死亡率が高かった昔は、七つを迎えるまでは、その子が無事に大人になるかどうかわからないというのが現実でした。ですから、七歳まではいつ神に召されるかもしれない「神の子」と考えていたのでした。天神さまに七つのお祝いのお札を納めたけれど、神がいつ子どもを連れ去っていくかもしれない。この歌詞にはそんな親の不安や子の無事を祈る切ない思いが表れているのです。

　この七つの祝いの後は、地元の氏神さまの氏子となって、地域の

共同体の一員として迎えられました。現在、義務教育が七歳から始まるのもその名残なのです。七五三というのは、子どもを社会の一員として受け入れる行事でもあったのです。

　現在では、こんなしきたりに関係なく、着物や袴を着せ、千歳飴を買ってお祝いします。この千歳飴を引っ張ると伸びるのですが、寿命が伸びるという縁起ものですから、お赤飯とともに、千歳飴を親戚や親しい人へ、内祝いとして配ることもあります。

＜千歳飴＞

新しいことば

男児	1 だんじ	男孩
女児	1 じょじ	女孩
氏神	03 うじがみ	守護神
諸説	1 しょせつ	各種說法
医療	10 いりょう	醫療
疫病	0 えきびょう	傳染病
栄養不足	5 えいようぶそく	營養不良
乳幼児	3 にゅうようじ	嬰幼兒
死亡率	2 しぼうりつ	死亡率
切ない思い	せつないおもい	難過的心情
氏子	0 うじこ	子孫
義務教育	4 ぎむきょういく	義務教育
名残	30 なごり	（臨別）紀念；殘餘
しきたり	0	慣例、常規
袴	3 はかま	和服裙子
千歳飴	3 ちとせあめ	像麥芽糖的紅白色棒棒糖
縁起もの	0 えんぎもの	吉祥物品
赤飯	03 せきはん	紅豆糯米飯
親戚	0 しんせき	親戚
内祝い	3 うちいわい	家庭的慶典
発達する	0 はったつする	發達
迎える	0 むかえる	迎接
連れ去る	3 つれさる	帶走

お札を納める	おふだをおさめる	將平安符帶回寺廟或神社，感謝一年來的庇護。
神に召される	かみにめされる	被神召喚
～として		當成～

使いましょう

1 ～まで（は／に）

⇒ 七つを迎えるまでは、無事に大人になるかどうかわからないというのが現実でした。

    a   兄はいつも夜遅くまで、＿＿＿＿＿＿＿＿＿＿＿＿＿＿います。

    b   子どもが帰ってくるまでに、＿＿＿＿＿＿＿＿＿＿＿なければなりません。

2 ～として

⇒ 七五三というのは、子どもを社会の一員として受け入れる行事でもあったのです。

    a   ＿＿＿＿＿＿として、一万円いただきます。

    b   今日は＿＿＿＿＿＿としてではなく、一人の＿＿＿＿＿＿として、君に話したいことがある。

3 お～します

⇒ お参りする／お祝いする

    a   「雨ですね。」「私の傘でよければ、＿＿＿＿＿＿ましょうか。」

    b   ちょっと＿＿＿＿＿＿しますが、近くに郵便局はございませんか。

勤労感謝の日

　戦前は、11月23日に「新嘗祭」が行われていました。「新嘗祭」は古くから国の大切な行事で、「瑞穂の国（日本の美称）」の祭祀を司る最高責任者である天皇が国民を代表して、神に農作物の恵みを感謝する式典でした。

　この「新嘗祭」は1948年に「勤労感謝の日」に、改名されて、国民の祝日となりましたが、改名にあたっては、本来の「新嘗祭」として祝うべきだなど、さまざまな意見がありました。しかし、今日の「労働」は農業だけでなく、工業やサービス業なども含んだ幅広い意味を持つようになっているので、現在の「勤労感謝の日」となりました。

▶▶▶ 「新嘗祭」の式典

　「新嘗祭」は五穀豊穣を祈る大切な式典で、天皇が神に感謝し、自らもその年に取れた新米を食べる儀式です。

▶▶▶ 「新嘗祭」儀式

　「新嘗祭」是祈求五穀豐收的重要儀式，是一個天皇感謝神，且自己也食用那一年所採收的新米的儀式。

新しいことば

新嘗祭	③④	にいなめさい	新嘗祭
瑞穂の国	⓪	みずほのくに	瑞穂之國
最高責任者	⑧	さいこうせきにんしゃ	最高負責人
天皇	③	てんのう	天皇
農作物	④③	のうさくぶつ	農作物
恵み	⓪	めぐみ	恩惠
式典	⓪	しきてん	儀式，典禮
勤労感謝の日	⑤	きんろうかんしゃのひ	勤勞感謝日
本来	①	ほんらい	原本
工業	①	こうぎょう	工業
サービス業	④	サービスぎょう	服務業
改名する	⓪	かいめいする	改名
祭祀を司る		さいしをつかさどる	掌管祭祀
幅広い	④	はばひろい	廣泛的
～にあたって			當～之時
～べきだ			應當～

答えましょう

1　七五三というのは、どのような儀式のことですか。

＿＿＿＿＿＿＿＿＿＿＿＿＿＿＿＿＿＿＿＿＿＿＿＿＿＿＿＿＿＿＿＿。

2　「七つ前は神の子」というのは、どういうことを表していますか。

＿＿＿＿＿＿＿＿＿＿＿＿＿＿＿＿＿＿＿＿＿＿＿＿＿＿＿＿＿＿＿＿。

3　「とうりゃんせ」の歌詞の終わりが「行きはよいよい、帰りは恐い」となっているのはどうしてですか。

＿＿＿＿＿＿＿＿＿＿＿＿＿＿＿＿＿＿＿＿＿＿＿＿＿＿＿＿＿＿＿＿。

4　七五三が終わった子どもは、その社会でどのように迎えられましたか。

＿＿＿＿＿＿＿＿＿＿＿＿＿＿＿＿＿＿＿＿＿＿＿＿＿＿＿＿＿＿＿＿。

5　現在の七五三は、どのようになっていますか。

＿＿＿＿＿＿＿＿＿＿＿＿＿＿＿＿＿＿＿＿＿＿＿＿＿＿＿＿＿＿＿＿。

話しましょう

1　あなたの国では、七五三のような子どもの成長を祝う儀式がありますか。

2　あなたの国では、子どもの成長を祝うときに、どのような物を食べる習慣がありますか。どうしてそれを食べるか知っていますか。

3　あなたの国には、秋の五穀の実りを祝う行事がありますか。あれば紹介してください。

4　あなたの国には、「勤労感謝の日」のような祝日がありますか。あれば紹介してください。

ー11月（霜月）の暦ー

1　文化の日（11月3日）

　戦前は、11月3日を明治節といい、明治天皇の遺徳を偲ぶための祝日でした。しかし、戦後は廃止され、「自由と平和を愛し、文化をすすめる」という趣旨のもとに、文化の日に改定されました。

　この日には文化を称える行事として、皇居で文化勲章の授与式が行われます。また文化庁主催による芸術祭が開催されています。

2　太陽暦採用記念日（11月9日）

　1892年11月9日、太陰暦が廃止され、太陽暦が採用されました。この年の12月3日が明治6年1月1日と改められましたが、12月がたった2日間しかないことになり、このとき、世の中は大騒ぎになったそうです。

3　世界平和記念日（11月11日）

　1918年11月11日、第一次世界大戦の休戦協定が成立し、不戦条約が交わされた日です。それを記念して、この日を世

界平和記念日とすることが決まったのですが、永遠の平和に対する

願いも空しく、1939年には、再び第二次世界大戦が起こってしま

いました。

4　七五三（11月15日）

5　勤労感謝の日（11月23日）

 書きましょう

点

「私の国の伝統的な食べ物」について書いてください。

_____

_____

_____

_____

_____

_____

_____

_____

_____

_____

📞 **練習問題**

1 ひらがな（下線部）のところを、漢字で書いてください。

① じんじゃ

（　　　　）

② ようす

（　　　　）

③ おそろしい

（　　　　）

④ かみに祈る

（　　　　）

⑤ はったつする

（　　　　）

⑥ かんけい

（　　　　）

⑦ きもの

（　　　　）

⑧ くば　る

（　　　　）

⑨ だいひょうする

（　　　　）

2 漢字のところ（下線部）の読み方を、ひらがなで書いてください。

① 納める

（　　　　）

② お参りする

（　　　　）

③ 童謡

（　　　　）

④ 医療

（　　　　）

⑤ 疫病

（　　　　）

⑥ 無事

（　　　　）

⑦ 名残

（　　　　）

⑧ 天皇

（　　　　）

⑨ 本来

（　　　　）

3 （　）に助詞（ひらがな一字／要らないときは×）を入れてください。

① 当時は、医療（　）発達していません（　）、疫病（　）栄養不足（　）
　　よる乳幼児（　）死亡率（　）高かったのです。

② 七つ（　）迎える（　）（　）は、その子（　）無事に大人（　）
　　なる（　）どう（　）わからない（　）いう（　）が現実でした。

③ 義務教育（　）七歳（　）（　）始まる（　）もその名残なのです。

④ 今日の「労働」は農業（　）（　）でなく、工業（　）サービス業（　）（　）
　　も含んだ幅広い意味（　）持つようになっている。

4　＿＿＿＿部に、適当な語を選んで、文を完成させてください。

（　こわい／せつない／したしい／まずしい　）

①　彼とはそんなに＿＿＿＿＿つきあっていないので、よく知りません。

②　私は子どものとき、注射が＿＿＿＿＿病院に行くのが嫌だった。

③　彼は＿＿＿＿＿に負けないで、立派な青年に成長した。

④　彼女のことを考えるだけで、胸が＿＿＿＿＿なる。

5　＿＿＿＿部に、適当な語を選んで、文を完成させてください。

（　だろう／かもしれない／はずだ／らしい　）

①　予定では電車の到着は10時の＿＿＿＿＿が、どうしたのかなぁ。

②　日曜日だから、たぶん家にいる＿＿＿＿＿。

③　もしかしたら、彼の話はほんとう＿＿＿＿＿。

④　どうやら彼女には好きな人がいる＿＿＿＿＿。

6　語の形を変えて文を作ってください。

①　（やる→　　　　）かどうか、（やる→　　　　）みなければ、（わかる→　　　　）じゃありませんか。

②　どうしてこんな結果に（なる→　　　　）のか、きちんと（説明する→　　　　）もらえませんか。

③　お（待つ→　　　　）していました。どうぞ、お（上がる→　　　　）ください。

④　宿題が（終わる→　　　　）まで、（遊ぶ→　　　　）に（行く→　　　　）はいけません。

注射：打針

胸：胸膛

予定：預定

到着：到達

どうやら：多半，大概

結果：結果，結局

きちんと：好好地

説明する：説明

12月の行事とくらし

クリスマスと除夜の鐘

12月24日～25日のクリスマスはキリストの生誕を祝う日で、キリスト教圏の人々は、教会でミサをした後、厳粛にキリストの生誕を祝います。

クリスマスは、フランシスコ・ザビエルが日本にキリスト教を伝えてから、450年の歴史があります。日露戦争のころには、すでに日本文化の一部となっていました。しかし日本では、宗教的な意味は薄れ、パーティを開いたりプレゼントを交換する、年末の楽しい行事になっています。街には色とりどりのクリスマス・ツリーが輝き、クリスマス・ソングがにぎやかに流れます。

「師走」とはよく言ったもので、クリスマスが終わると、慌ただしく年の暮れがやってきます。一年の最後の日を大晦日と言いますが、大晦日にそばを食べるのは、そばが長いことから、命や幸せが長く続くことを祈る縁起ものだからです。大晦日には、自宅でNHK紅白歌合戦を聞き

＜年越しそば＞

ながら年を越す人もいますし、お寺にお参りして、そのまま除夜の鐘を聞きながら新年を迎える人もいます。山に登ったり、海辺に宿を取り、元旦に初日の出を拝む人もいます。除夜の鐘というのは、中国の宋の時代に始まった仏教行事ですが、江戸時代以降、日本でも盛んに行われるようになりました。除夜の鐘は、百八つつきますが、これは人間が持つ108の煩悩を払うという意味があると言われます。最後の一つは、年が明けてからつきますが、除夜の鐘が鳴り終わると、いよいよ新年です。

＜除夜の鐘＞

新しいことば

クリスマス	③	聖誕節
キリスト（教）	⓪ キリスト（きょう）	基督教
生誕	⓪ せいたん	誕生
教会	⓪ きょうかい	教會，教堂
ミサ	①	彌撒
歴史	⓪ れきし	歷史
クリスマス・ツリー	⑦	聖誕樹
クリスマス・ソング	⑥	聖誕歌
師走	⓪ しわす	臘月
年の暮れ	⓪ としのくれ	年底
大晦日	③ おおみそか	除夕
そば（蕎麦）	①	蕎麥
自宅	⓪ じたく	自家住宅
紅白歌合戦	こうはくうたがっせん	紅白歌合戦
除夜の鐘	じょやのかね	除夕鐘聲
海辺	⓪③ うみべ	海邊
輝く	③ かがやく	閃耀
宿を取る	やどをとる	住宿
初日の出を拝む	はつひのでをおがむ	觀賞元旦日出
煩悩を払う	ぼんのうをはらう	袪除煩惱
厳粛（な）	⓪ げんしゅく（な）	肅穆
すでに	①	已經
色とりどり	④ いろとりどり	各式各樣
慌ただしい	⑤ あわただしい	慌忙的，匆忙的

いよいよ　　　　　　　　② 　　　　　　　　　　　　終於，到底
～とはよく言ったもので　　　～とはよくいったもので　　　～是經常說的

使いましょう

1 ～と／～ないと

⇒ クリスマスが終わると、慌ただしく年の暮れがやってきます。

a ＿＿＿＿＿＿＿＿＿＿＿＿＿＿と、困ります。

b 毎年、クリスマスになると、＿＿＿＿＿＿＿＿＿＿＿＿＿＿＿。

2 ～のは～からです

⇒ 大晦日にそばを食べるのは、命や幸せが長く続くことを祈る縁起ものだからです。

a 私が怒っているのは、あなたが＿＿＿＿＿＿＿＿＿からです。

b 彼が＿＿＿＿＿＿＿＿＿のは、一生懸命がんばったからです。

3 ～も～し、～も～

⇒ ＮＨＫ紅白歌合戦を聞きながら年を越す人もいますし、お寺にお参りして、そのまま除夜の鐘を聞きながら新年を迎える人もいます。

a 私だって旅行に行きたいが、＿＿＿＿もないし、＿＿＿＿もない。

b 人生、＿＿＿＿＿＿もあるし、＿＿＿＿＿＿＿もある。

お歳暮を贈る

　お歳暮は、もともと嫁いだ者や分家した者が年の瀬に親元に戻るとき、正月のお供え物を持参したのが始まりとされています。それが、一年の締めくくりに感謝のしるしとして、お世話になった方に品物を贈りあう習慣になりました。

　今ではデパートなどから送ることが多く、品物も日用雑貨、趣味の品などいろいろです。金額はお中元の2～3割増しを目安にし、先方には12月の初旬から20日ぐらいまでに届くようにします。31日を過ぎた場合は、「お年賀」として手渡すといいでしょう。

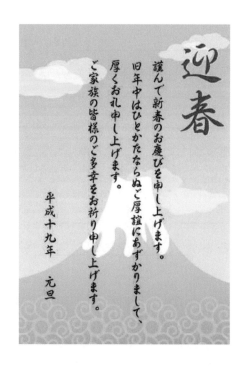

▶ 年賀状

　年も暮れが迫ると、年賀状を書きます。年賀状を書き終えて、やっと一安心。これが日本人の年の瀬です。

▶ 「新嘗祭」儀式

　隨著年底的逼近，要開始寫賀年卡。賀年卡寫完後，才稍感放心。這就是日本人的年關。

新しいことば

お歳暮	⓪ おせいぼ	年終送禮
年の瀬	⓪ としのせ	年底
親元	⓪ おやもと	父母身邊，父母家
供え物	⓪⑤ そなえもの	供品
締めくくり	⓪ しめくくり	結束
感謝のしるし	かんしゃのしるし	感謝的心意
日用雑貨	⑤ にちようざっか	日用品
目安	⓪① めやす	目標，標準
先方	⓪ せんぽう	對方
嫁ぐ	② とつぐ	出嫁
持参する	⓪ じさんする	帶去（來）
手渡す	③⓪ てわたす	親手交

👥 答えましょう

1　クリスマスというのは、どのような日ですか。

　　_____。

2　日本の今のクリスマスはどのようですか。

　　_____。

3　日本人は、どうして大晦日におそばを食べますか。

　　_____。

4　最後の除夜の鐘が鳴るのは、何月何日ですか。

　　_____。

5　お歳暮というのは、どういうものですか。

　　_____。

🚗 話しましょう

1　あなたの国では、クリスマスのお祝いをしますか。

2　あなたの国では、クリスマスにどのようなことをしますか。

3　あなたの国には、お歳暮や年賀状を書く習慣がありますか。

4　あなたの国では、大晦日をどのようにして過ごしますか。

ー12月（師走）の暦ー

1　冬至（12月22日ごろ）

　毎年12月22日ごろが冬至にあたり、一年で最も昼が短く、夜が長い日です。このころからしだいに寒さも本格的になります。冬至にはかぼちゃを食べる習慣がありますが、野菜が不足しがちなこの時期に、ビタミンやカロチンを摂るという合理性があり、昔の人は「冬至までとっておいたかぼちゃを食べると魔除けになる」と考えていました。

2　天皇誕生日（12月23日）

　12月23日は「天皇の誕生日を祝う日」として法律で定められました。戦前は天皇は現人神として崇められており、「天長節」と呼ばれていました。　しかし戦後、天皇は神ではなく「日本国民統合の象徴」という新しい意味を持つようになりました。そこで天皇の誕生日を純粋に誕生日として祝い、国民と天皇との距離を縮めることを目的として、国民の祝日「天皇誕生日」となりました。

3　クリスマス（12月24日夜～25日）

4　ご用納め（12月28日）

　ご用納めというのは、官庁や役所などがその年の執務を終わる

ことで、一般的には 12 月 28 日のことを言います。その反対に、執務を始めることをご用始めといい、1 月 4 日がご用始めとなります。つまり、官庁や役所は、12 月 29 日から 1 月 3 日までが休みとなります。

5　大晦日（12 月 31 日）

 書きましょう

点

あなたの国の年末の行事について書いてください。

_____

_____

_____

_____

_____

_____

_____

_____

_____

_____

☎ 練習問題

１　ひらがな（下線部）のところを、漢字で書いてください。

① れきし
（　　　　　）

② ぶんか
（　　　　　）

③ せんそう
（　　　　　）

④ うすれる
（　　　　　）

⑤ こうかんする
（　　　　　）

⑥ かがやく
（　　　　　）

⑦ じたく
（　　　　　）

⑧ しんねん
（　　　　　）

⑨ にちようざっか
（　　　　　　　）

２　漢字のところ（下線部）の読み方を、ひらがなで書いてください　。

① 厳粛
（　　　　　）

② 師走
（　　　　　）

③ 慌　ただしい
（　　　　　）

④ 大晦日
（　　　　　）

⑤ 海辺
（　　　　　）

⑥ 宿　を取る
（　　　　　）

⑦ 拝　む
（　　　　　）

⑧ 盛　ん
（　　　　　）

⑨ お歳暮
（　　　　　）

３　（　）に助詞（ひらがな一字／要らないときは×）を入れてください。

① クリスマス（　）終わる（　）、年（　）暮れ（　）やってくる。

② 大晦日（　）そば（　）食べる（　）は、そば（　）長いことから、

　　幸せ（　）長く続くこと（　）祈る縁起ものだ（　）（　）です。

③ 大晦日（　）は、紅白歌合戦（　）聞き（　）（　）（　）年（　）越す人

　　（　）いますし、山（　）登って、初日（　）出（　）拝む人（　）います。

④ 除夜の鐘（　）いう（　）は、宋（　）時代（　）始まった仏教行事です。

4　_____部に、適当な語を選んで、文を完成させてください。

（　いのる／あける／もどる／とどく　）

① やっと梅雨が_____、夏がやってきた。

② 主人はまもなく_____くると思います。

③ 危ないものは、子どもの手が_____ところに置いてください。

④ あなたの成功を心から_____います。

5　_____部に、適当な語を選んで、文を完成させてください。

（　すでに／いよいよ／だいたい／かならず　）

① 私が会場に着いたとき、_____パーティーは始まっていた。

② 約束したことは、_____守ってくださいね。

③ 試合の日が_____近づいてきた。

④ _____いつぐらいにできあがりますか。

6　語の形を変えて文を作ってください。

① そこは電気も（通る→　　　　　）（いる→　　　　　）し、水道も（ある→　　　　　）不便な場所だった。

② あのとき私が（泣く→　　　　　　）のは、あなたの親切が（うれしい→　　　　　）からです。

③ 門限の10時までに（帰る→　　　　　）と、親に（怒る→　　　　　）んです。

④ いつかあなたのように、日本語が（上手→　　　　　）（話す→　　　　　）ように（なる→　　　　　）たいです。

危ない：危険

成功：成功

会場：會場

約束する：約定

守る：遵守

通る：通

水道：自來水

不便（な）：不方便

親切（な）：親切，好意

門限：門禁

上手（な）：（某種技藝）好，高明

第二部

 くらしのマナー

Ⅰ　お辞儀と握手

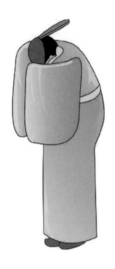

　お辞儀と握手は、代表的な挨拶の形ですが、お辞儀は相手への敬意を表し、握手は親睦・和解を表すという違いがあります。日本での丁寧な挨拶はお辞儀が一般的でしたが、近年では握手も一般化してきています。

　お辞儀は、主に東アジアで見られるものですが、飛鳥～奈良時代、中国の礼法を取り入れ、身分に応じたお辞儀の形が制定されたのが、お辞儀の始まりと言われています。首を差し出すことで、敵意がないことを表現したことに由来すると言われます。

　お辞儀には「立礼」「座礼」の２種類があります。座礼は和式礼法ですから、なじみが薄いと思いますが、和風の畳の部屋に通されたとき、初対面の挨拶のときなどに必要となります。オフィスでのお辞儀は

30cm

<和式礼法・普通礼>

「立礼」ですが、礼の深さで分類すると、「最敬礼」「敬礼」「会釈」の３種類があります。立礼の場合、「最敬礼」は直立の姿勢から腰を基点に45度以上体を曲げます。「敬礼」は30～45度、「会釈」は15度程度です。頭を

下げるだけのお辞儀はいけません。

腰を基点に上半身全体を前に倒します。1拍目でサッと倒し、2拍目で止めて、3～5拍目でゆっくりと

＜和式礼法・最敬礼＞

体を起こします。この動きの緩急と静止した状態のメリハリが美しさを生みます。

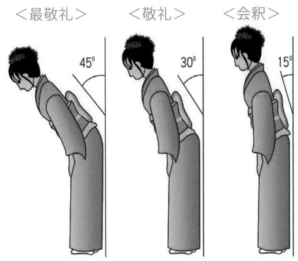

★最敬礼：特に敬意を表したり、お礼やお詫びの気持ちを真剣に伝えたい時に使います。

★敬礼　：来客を出迎えたり、見送るとき、または、上司への挨拶などに使う一般的なお辞儀です。

★会釈　：同僚や上司と廊下などですれ違う時や、応接室の入退室時に使うお辞儀です。

　なお、手にハンドバッグとか荷物とかを持っているときですが、右のイラストのように、前に抱えるようにしてお辞儀をするといいでしょう。

　西洋の挨拶は握手がメインですが、握手は一般的に右手で、立って行います。握手の由来は諸説ありますが、手に武器を持っていないことを、相手に証明することから始まったと言う説が有力です。

　握手は背筋を伸ばし、必ず相手の顔（目）を見て行います。握手の際は、しっかりと握るようにしましょう。ゆるく握っては相手に誠意がないと感じさせてしまいます。なお、握手のときは、目上・年上の人から目下・年下の人へと手を差し出すのがマナーです。握手は手が触れあうので、そうした行為を目下から目上の人に対して強いるのは失礼だからです。女性と男性では、女性から手を差し出します。これはレディーファーストですね。しかし、日本では女性と男性の場合には握手をしないで、軽くお辞儀をすることが多いようです。

　もう一つ注意してほしいことがあります。日本人によくある光景ですが、お辞儀をしながら握手をするのは、卑屈に見えますから、やめましょう。また、椅子などに座りながら握手をする人がいるのですが、握手は立って行うのがマナーなので、これもいけません。これらは、社会人の心得なので覚えておきましょうね。

新しいことば

お辞儀	⓪ おじぎ	鞠躬，行禮
握手	① あくしゅ	握手
挨拶	① あいさつ	打招呼
敬意	① けいい	敬意
親睦	⓪ しんぼく	和睦
和解	⓪ わかい	和解，和好
東アジア	④ ひがしアジア	東亞
身分	① みぶん	身分，地位
敵意	① てきい	敵意
立礼	⓪ りつれい	站禮
座礼	⓪ ざれい	坐禮
和式礼法	④ わしきれいほう	日式禮節
初対面	② しょたいめん	第一次見面
オフィス	①	辦公室
（最）敬礼	⓪ （さい）けいれい	（最）敬禮
会釈	① えしゃく	點頭致意
直立	⓪ ちょくりつ	直立
姿勢	⓪ しせい	姿勢
基点	⓪ きてん	基點
緩急	①⓪ かんきゅう	緩急，快慢
メリハリ	⓪②	抑揚頓挫
お詫び	⓪ おわび	道歉
来客	⓪ らいきゃく	來客
応接室	④ おうせつしつ	會客室

ハンドバッグ	4		皮包
メイン	1		主要
武器	1	ぶき	武器
説	1	せつ	意見，傳說
誠意	1	せいい	誠意
印象	0	いんしょう	印象
レディーファースト	4		女士優先
心得	34	こころえ	體會，經驗
曲げる	0	まげる	彎曲
出迎える	04	でむかえる	迎接
見送る	0	みおくる	送別
すれ違う	40	すれちがう	擦身而過
抱える	0	かかえる	抱、夾（在腋下）
証明する	0	しょうめいする	証證明
差し出す	30	さしだす	拿出、伸出
触れあう	3	ふれあう	直接接觸
強いる	2	しいる	強迫
主に	1	おもに	主要是、多半
なじみが薄い		なじみがうすい	不太熟識
真剣（な）	0	しんけん（な）	認真
或いは	2	あるいは	或者
なお	1		再者、還有
有力（な）	0	ゆうりょく（な）	有力
背筋を伸ばす		せすじをのばす	伸展背脊

失礼	②	しつれい	不禮貌
卑屈（な）	⓪	ひくつ（な）	卑躬屈膝
～に応じる		～におうじる	按照、根據
～際	①	～さい	時候
～に対して		～にたいして	對於、對待～

▶ 2　あいさつと名刺

　みなさんは「挨拶」の語源をご存知ですか？「挨」には心を開くという意味があり、「拶」には相手に近づくという意味があります。つまり、あいさつは「心開いて、相手に近づいていく」という意味なのです。

　昔から日本人は、他人と外で出会ったり、すれ違ったりした際は、たとえ見知らぬ人でも、声をかけるのが一般的な礼儀でした。挨拶ができない者は、一人前とはみなされませんでした。今でも日本では、会社や近所関係など各コミュニティの中で、そういった傾向が強く残っています。

　朝会ったときのあいさつ「おはよう」は、「早くから、ご苦労さまです」の略だと言われています。それは朝から働く人をねぎらう言葉でした。「こんにちは」は「今日は、ご機嫌いかがですか」の略で、お昼に初めて出会った人の体調や心境を気づかっていました。「こんばんは」は「今晩は、よい晩ですね」などの略だと言われます。また、「さようなら」は「さようならば」の略で、「それなら、私はこれで失礼いたします」という意味だったそうです。

　会社では、外出する上司・先輩にはもちろん、同僚への「いってらっしゃい」、外出から帰ってきたら「お帰りなさい」、仕事が終わって帰宅する人への「お疲れさま」などのあいさつは、

忘れてはならない礼儀でしょう。

　さて、ビジネスの世界のあいさつに欠かせないのが名刺です。初対面のとき、一般的には「お世話になっております、○○商事のＸＸでござい

中山貿易株式會社
〒466-0032 名古屋昭和区0-00-00
TEL:052-000-0000　　FAX:052-000-0000
E-mail:peter@edu.co.jp

営業本部長
大島康平
Kouhei Ooshima

ます」のように名乗りながら、名刺を渡します。名刺はその人の身分証明書であり、名刺を丁寧に扱うことで、相手に敬意を払っていることを表します。

　名刺交換のときは、まず目下の人が目上の人に渡します。一方、先方への訪問の際は、「お邪魔します」という意味を込めて、訪問者が先に出します。ただし、訪問者の方が明らかに目上・格上の場合は、訪問を受けた側が先に出します。

　名刺は世界中で使われていますが、最も古いのは中国で、唐の時代の文献には木や竹製の名刺についての記述があります。「名刺」という言葉そのものが、中国の古語なのです。当時は、訪問先が不在の際に、戸口の隙間に挟んで、来訪を知らせる目的で使われたようです。日本では、江戸時代から和紙に墨で名前を書いた名

刺が使われ始めました。その後、初対面の人にも自己紹介がわり
に名刺を渡すようになりますが、それは日本が最初だと言われてい
ます。日本は今でも世界で最も名刺交換をする国と言われますが、
この名刺交換の習慣は、日本の文化そのものと言ってもいいで
しょう。

ビジネスの挨拶をマスターしましょう

◆おはようございます：一日をさわやかにスタートさせましょう。

◆こんにちは：相手の気分に変化をつけましょう。

◆ありがとうございます：感謝を伝えましょう。

◆申し訳ございません：失敗は素直に認めましょう。

◆行ってらっしゃい：気持ちよく送り出しましょう。

◆お帰りなさい：暖かく迎えましょう。

◆行ってまいります：外出を知らせましょう。

◆ただいま戻りました：無事に戻ったことを伝えましょう。

◆今、お手すきですか：自分から用件を切り出すときに使いましょう。

◆失礼いたします：相手の動作を中断させるときに使いましょう。

◆お疲れさまでした：相手の苦労をねぎらいましょう。

◆いつもお世話になっております：取引先の人へ感謝を伝えましょう。

◆お先に失礼します：退社の際に忘れず言いましょう。

新しいことば

語源	⓪	ごげん	語源，語意
一人前	⓪	いちにんまえ	獨當一面
ビジネス	①		商業
コミュニティー	②		團體
傾向	⓪	けいこう	傾向
ご苦労さま	②	ごくろうさま	辛苦了
名刺	⓪	めいし	名片
身分証明書	⑧⓪	みぶんしょうめいしょ	身分證
格上	⓪	かくうえ	地位高
文献	⓪	ぶんけん	文獻
記述	⓪	きじゅつ	記載
そのもの	④		其本身，那個東西
古語	②	こご	古語
不在	⓪	ふざい	不在家
戸口	①⓪	とぐち	房門口
隙間	⓪	すきま	隙縫
和紙	①	わし	日本紙
墨	②	すみ	墨汁
気分	①	きぶん	心情，情緒
失敗	⓪	しっぱい	失敗
外出	⓪	がいしゅつ	外出
お手すき	⓪	おてすき	有空
用件	③	ようけん	（應辦的）事
取引先	⓪	とりひきさき	客戶

退社	0 たいしゃ	下班
みなす	0 2	認爲，當作
ねぎらう	3	慰勞，犒賞
名乗る	2 なのる	自報姓名
挟む	2 はさむ	夾
スタートする	2 0	開始
認める	0 みとめる	承認
切り出す	3 0 きりだす	說出
声をかける	こえをかける	招呼
ご機嫌いかがですか	ごきげんいかがですか	您好啊
欠かせない	かかせない	不可欠缺
敬意を払う	けいいをはらう	表達敬意
明らか（な）	2 あきらか（な）	明顯
自己紹介がわり	7 じこしょうかいがわり	代替自我介紹
さわやか（な）	2	清爽，爽朗
率直（な）	0 そっちょく（な）	直率，坦率
～はもちろん		不用說，不言而喻

2

▶ 3　上座と下座

　ご存じの方も多いでしょうが、上座は目上の人（上司・客人など）が座る席、下座は目下の人（部下や家族など、もてなす側）が座る席です。ビジネスの世界ではこの席次が重んじられますから、ぜひ知っておいてくださいね。「かみざ」「しもざ」または「じょうざ」「げざ」とも呼ばれます。

　一般に、和室では床の間に近い席が上座、部屋の出入り口に近い席が下座となります。床の間がない部屋では、出入り口から向かって右手奥や、庭などの見晴らしがよく、額や飾り物がある側が「上座」になります。

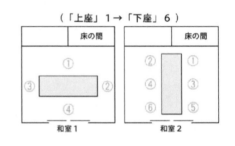

（「上座」1→「下座」6）

　なぜ床の間の近くが上座になったのでしょうか。それは床の間の歴史をみるとわかります。床の間は書院造りの特徴で、もともと床の間は仏画をかける神聖な場所であったため、部屋の一番奥の、出入り口から遠くて落ち着いた場所に造られました。そのため、客人や身分の高い人には、その神聖で落ち着く場所に、座ってもらうようになったのです。

　会社の応接室では、部屋の入口から遠く、かつ入口が見えるところ、窓から景色などがよく見えて、部屋の装飾品や絵画・花など

が観賞できる席が上座になります。
そして、来客側にゆったり座ってい
ただくために、長椅子やソファーを
配置するのが礼儀です。出入り口に
近い方が下座なのは、出入りが頻繁

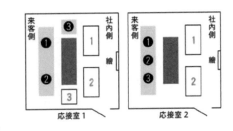

応接室1　　応接室2

にあると、落ち着かない気分になるため、大事な人を座らせるわけ
にはいかないからです。

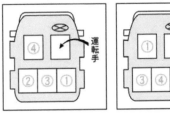

（「上座」1→「下座」4）

　乗り物にも、上座・下座がありま
す。運転手つきの場合は、運転手の
後ろが「上座」となります。また、
持ち主本人が運転する場合は助手席

が「上座」となります。タクシーなどでは、目下の者が精算をして
降りることを忘れないでください。

　新幹線のような場合、進行方向を向いて、座る位置の窓側が上座
です。通路側は下座になります。しかし、「上座」の席に破損や座
り心地が悪いなどの不備がある場
合は、そのことを伝えて、自らそ
の席に座るようにしましょう。

　エレベーターでは、入口から向

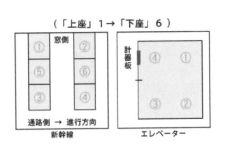

（「上座」1→「下座」6）

新幹線　　エレベーター

かって左奥から順番に上座で、手前の操作ボタンのある方が一番の下座です。ボタンの位置が左右どちらであっても、奥の位置はかわりません。

　以上が原則なのですが、上座であっても冷暖房の風が直接当たる、また直射日光が当たる、逆光で目上の人が心地よく過ごせないなどの場合があります。そんなときには、その時々の状況に合わせて席を勧めるのが、ほんとうに相手を気づかったおもてなしと言えるでしょう。

新しいことば

ご存じ	②	ごぞんじ	您知道
上座	⓪	かみざ	上座
下座	⓪	しもざ	下座
席次	⓪	せきじ	座次
床の間	⓪	とこのま	壁龕
見晴らし	⓪	みはらし	眺望，景緻
額	⓪②	がく	匾額
書院造り	④	しょいんづくり	傳統日本住宅建築方式
特徴	⓪	とくちょう	特徵
僧侶	①	そうりょ	僧侶
経典	⓪	けいてん	經典
原型	⓪	げんけい	原型
仏画	⓪	ぶつが	佛畫
景色	①	けしき	景色
装飾品	⓪	そうしょくひん	裝飾品
絵画	①	かいが	繪畫
ソファー	①		沙發
助手席	⓪	じょしゅせき	駕駛座旁的位子
タクシー	①		計程車
新幹線	③	しんかんせん	新幹線
進行方向	⑤	しんこうほうこう	行車方向
窓側	⓪	まどがわ	靠窗邊
通路側	⓪	つうろがわ	靠通道
破損	⓪	はそん	破損

座り心地	⓪ すわりごこち	坐的感覺
不備	① ふび	不完備
手前	⓪ てまえ	自己的面前，眼前
操作ボタン	④ そうさボタン	操作按鈕
原則	⓪ げんそく	原則
冷暖房	③ れいだんぼう	冷暖氣
直射日光	④ ちょくしゃにっこう	陽光直射
逆光	⓪ ぎゃっこう	逆光
状況	⓪ じょうきょう	情形
もてなす	③⓪	接待，款待
重んじる	④⓪ おもんじる	重視，尊敬
取り入れる	④⓪ とりいれる	吸取，採納
落ち着く	⓪ おちつく	鎮靜，平靜
鑑賞する	⓪ かんしょうする	欣賞
配置する	⓪ はいちする	安排，安置
精算する	⓪ せいさんする	結算，付帳
気づかう	③ きづかう	擔心，掛念
神聖（な）	⓪ しんせい（な）	神聖
かつ	①	而且
ゆったり	③	悠閒，舒適
頻繁（な）	⓪ ひんぱん（な）	頻繁
～わけにはいかない		不能
心地よい	④ ここちよい	舒服的

3

▶ 4　手みやげと餞別

　日本では知人やオフィスを訪ねるとき、菓子折などを持っていく習慣があります。これを手みやげと言います。

　手みやげには、縁談や就職の世話をお願いするなど、改まった訪問のときに持っていくものと、親交を深めるために友人と会うときに持っていくものとあります。改まった訪問のときの手みやげには、やはり改まった品がいいでしょう。行く途中で買うのではなく、事前に心を込めて選んだ品を用意しておきましょう。お菓子なら、老舗や名店の品格の感じられるものがいいでしょう。

つまらない物ですが、…

お口に合いますかどうか、…

品物

　お祝い事なら、お酒やお祝いの品が適しています。のし紙には「ご銘菓」あるいは「粗品」と表書きし、下には姓だけでなく名前も書くのが正式です。手みやげをいつ手渡すかですが、先方であいさつをした後、「ごあいさつのしるしに」とか「つまらないものですが」とか言って風呂敷や袋から取り出し、品物の正面を相手に向けて、両手で差し出すのが和式マナーです。受け取る方は、ありがたく

ただき、一旦、座敷の高いところに納め、次にその場を離れるときに持って出ます。なお、風呂敷や空袋は自分で持ち帰ります。

以上が正式の手みやげ授受の作法なのですが、親交が目的の場合の手みやげは、形式ばったり、気取ったりする必要はありません。手づくりのケーキやジャム、庭に咲いた花なども喜ばれるでしょう。受け取るほうも体裁ではなく、率直な気持ちを表すことが大切です。手みやげを出されたら「開けてもいいですか」と断って、その場で包みを開き、すぐに「うれしい」とか「素敵」と感想を伝えます。品物が花なら、すぐ花瓶に活けて部屋に飾りますし、食品なら器に盛って、「いっしょにいただきましょう。」と勧めます。その場で開けて喜びを表すのは、日本の古い作法ではよくないとされていましたが、欧米社会ではこれがマナーですし、親しい間柄には欧米風のほうが自然ではないでしょうか。

餞別には、転居・転職する方へ、「これからもよろしく」「お元気で」と心を込めて贈る場合と、旅行に出る方へ贈る場合とがあります。転居先や旅先で役立つような物品や金銭を贈るのですが、欧米では餞別に金銭を贈ることはないようです。

<結びきりの水引>

転居・転職の場合は、親しくしていた近所の方や職場仲間に、お別れの二～三週間前から当日までに贈るといいでしょう。体裁は、紅白五本の結びきりの水引がついた、のし紙かのし袋に「餞別」「はなむけ」などと書きます。ただし、目上の人には「餞別」と書くと失礼にあたるので、その場合は「御礼」と書きます。餞別へのお返しは必要ありませんが、新しい土地や職場に無事移ったという報告を添えて、必ず礼状を出しましょう。

旅行する人への餞別については、特別の目的や立場での旅行に限って餞別を贈るというのが一般的です。例えば重要な意味のある会議や会合に出席する場合、何かの代表として催しなどに参加する場合、長期間海外に滞在するような

<花結びの水引>

場合があります。旅の準備を始めるころから出発の一両日前までに贈るようにします。体裁は紅白の花結びの水引きを使います。

最後に参考までにお話ししますが、日本からのお土産で外国の方に喜ばれる贈り物は、浮世絵入りの風呂敷や手ぬぐい、扇子・団扇などだそうです。

<浮世絵団扇>

新しいことば

菓子折	0 2	かしおり	點心盒
手みやげ	2	てみやげ	隨手攜帶的禮物，簡單禮品
縁談	0	えんだん	提親
就職	0	しゅうしょく	就職
世話	2	せわ	幫助，照料
老舗	0	しにせ	老店
名店	0	めいてん	有名商店
品格	0	ひんかく	品格
のし紙	2	のしがみ	禮籤
ご銘菓	2	ごめいか	高級點心
粗品	0 1	そしな	薄禮
風呂敷	0	ふろしき	包袱巾
空袋	0	あきぶくろ	空袋
座敷	3	ざしき	客廳
手づくり	2	てづくり	親手作
ジャム	1		果醬
体裁	0	ていさい	外表；奉承話
率直	0	そっちょく	坦率
包み	3	つつみ	包裹
感想	0	かんそう	感想
食品	0	しょくひん	食品
欧米社会	5	おうべいしゃかい	歐美社會
間柄	0	あいだがら	交情
餞別	0	せんべつ	臨別贈送的錢或禮物

転居	[1][0] てんきょ	搬家
転職	[0] てんしょく	調職
結びきり	[0] むすびきり	打結法
水引	[0] みずひき	包禮物用的細繩
のし袋	[3] のしぶくろ	謝儀袋
はなむけ	[0]	餞別（贈物，贈言）
御礼	[0] おんれい	謝禮
お返し	[0] おかえし	回禮
催し	[0] もよおし	主辦，籌辦
一両日	[3][0] いちりょうじつ	一兩天
花結び	[3] はなむすび	花結，活扣結
浮世絵	[0][3] うきよえ	江戶時代流行的風俗畫
手ぬぐい	[0] てぬぐい	手巾
扇子	[0] せんす	扇子
団扇	[2] うちわ	團扇
訪ねる	[3] たずねる	拜訪
改まる	[4] あらたまる	改良，鄭重其事
表書きする	[0] おもてがきする	寫在上面
納める	[3] おさめる	收納
形式ばる	[5] けいしきばる	拘泥形式
気取る	[0] きどる	裝模作樣，矯飾
断る	[3] ことわる	拒絕；預先請示
勧める	[0] すすめる	勸誘
滞在する	[0] たいざいする	旅居

親交を深める	しんこうをふかめる	加深交情
やはり	②	依然，同樣
ごあいさつのしるし		聊表一點心意
さっそく	⓪	立刻
素敵（な）	⓪ すてき（な）	極好，絕妙
花瓶に活ける	かびんにいける	插在花瓶裡
器に盛る	うつわにもる	盛在器皿

4

5　面接の知識とマナー

　面接は、よく「段取り8分！ 残りの2分は機転と人柄」と言われます。面接に成功する人というのは、日ごろから自分の能力や長所・短所、経験などをきちっと整理して、面接の中で「自分自身を正確に説明できる」人でしょう。

　まず、面接へ行く前に、持っていくものや身だしなみのチェックをしておいた方がいいですよ。第一印象はとても大事です。

　さて、面接は、求人側が応募者本人と直接会い、応募書類の記入事項の確認と書類だけではつかめない人間性を探るための機会です。社風に合うかどうか、協調性はあるか、仕事への熱意はどうか、人間的な魅力や生き方に信念があるか、などがチェックポイントですが、これから面接の実際の流れにそって、面接のマナーをチェックしてみましょう。

〔以下、イラスト等、埼玉県「彩の国仕事発見システム」に基づく。〕

１　部屋に入る

面接室のドアをノック（ゆっくり2回）する。

（「お入りください」の声がかかってから入室）

⇒入室
にゅうしつ

　まず、面接官に軽く一礼《会釈15度》
めんせつかん　かる　いちれい　　えしゃく　　ど

　「失礼いたします。」
しつれい

⇒面接官の前まで進む。
めんせつかん　まえ　　すす

⇒椅子の左側に立つ。
いす　ひだりがわ　た

★背筋を伸ばす。踵をつけ、爪先は少し開いて直立不動。
せすじ　の　　きびす　　　つまさき　すこ　ひら　　ちょくりつふどう

★手はまっ直ぐ伸ばして、ズボンの折り目に添える（男性）。
て　　す　　の　　　　　　　　　お　め　そ　　だんせい

★手は前で重ねる（女性）。
て　まえ　かさ　　じょせい

★笑顔で、明るく、視線は面接官に。
えがお　あか　　しせん　めんせつかん

　「○○○○（姓名）と申します。よろしく
せいめい　　もう

　　お願いいたします」《敬礼：30度のお辞儀》
ねが　　　　　　けいれい　　ど　　じぎ

2　椅子に座る
いす　すわ

　面接官：「○○さんですね。どうぞお座りください。」
めんせつかん　　　　　　　　　　　　　すわ

　求職者（立ったまま）：「はい、ありがとうございます。
きゅうしょくしゃ

　　　　　　　　　　　　　失礼いたします。」
しつれい

⇒座る。
すわ

★背中は軽く椅子の背に・背筋を伸ばす。
せなか　かる　いす　せ　　せすじ　の

★手は軽く握って膝の上に置く（男性）。
て　かる　にぎ　　ひざ　うえ　お　　だんせい

★手は重ねて膝の上に置く（女性）。
て　かさ　　ひざ　うえ　お　　じょせい

面接官：「私は人事の△△です。こちらは▽▽です。」

　　　　「○○さん、貴方の（経歴／自己紹介／自己ＰＲ……）

　　　　をしてください。」

求職者：《軽くうなずき、面接官の目を見ながら「はい」と返事》

　　　　「はい、私は……………………………………………………」

　　　　（応募書類にまとめてある内容を落ち着いて話す）

３　本論に入る

　志望動機、退職理由、性格（長所・短所）、前職の仕事内容、職務経験、その他さまざまな角度から硬軟織り交ぜた質問がされます。

　答え方として、注意するのは以下の点でしょう。

★求職者は自信ある態度で、ハキハキと答える。

★まず結論を述べる。聞かれたら理由を具体的に説明。

★質問の意味がわからない時、わからないまま曖昧な答えはしない。

　　「申しわけありません。もう一度おっしゃっていただけますか。」

　　「……というのは、……ということでしょうか？」（確認）

★以前勤めていた会社を非難することは絶対にしない。

★退職理由をきちんと整理し、前向きな理由にしておく。

★軽くうなずきながら質問を聴く。はいと返事をして答える。

★笑顔で相手の目を見て話す。ジェスチャーを交えてもよい。

4　終了から退室まで

面接官：「それでは、最後に何か質問はありますか。」

求職者：「はい、…………について、お聞かせください。」

面接官：「はい、それではこれで結構です。結果は○○日後に、

　　　　△△の方法でご連絡いたします。」

求職者：（椅子の左側に立つ）「本日はありがとうございました。

　　　　是非よろしくお願いいたします。」

　　《心をこめて最敬礼（45度のお辞儀）》

45°

⇒退室

　ドアのところで、面接官に一礼《会釈15度》

面接の流れとマナーについて確認できましたか。

5

よくある質問事項

◆　志望動機はなんですか？

◆　なぜ、当社に応募したのですか？

◆　あなたは、当社で何をやりたいのですか？

◆　あなたは、当社で何ができますか？

◆　あなたの長所・短所はなんですか？

◆　あなたの趣味および特技はなんですか？

◆　今までの職歴を説明してください。

◆　前の会社を退職した理由はなんですか？

◆　これだけは人に負けないと思うものはなんですか？

◆　今までで、一番大きな失敗はなんですか？

◆　この会社の他に、どのような会社を受けていますか？

新しいことば

面接	⓪ めんせつ	面試
段取り	⓪④ だんどり	程序，手續，步驟
一分	⓪ ぶ	分
機転	⓪ きてん	機智，機靈
人柄	⓪ ひとがら	人品
長所	① ちょうしょ	優點
短所	① たんしょ	缺點
経験	⓪ けいけん	經驗
自分自身	④ じぶんじしん	自己
身だしなみ	⓪ みだしなみ	服裝儀容
チェック	①	檢查
第一印象	⑤ だいいちいんしょう	第一印象
求人側	⓪ きゅうじんがわ	求才者
応募者	③ おうぼしゃ	應徵者
社風	⓪ しゃふう	社風
協調性	⓪ きょうちょうせい	協調性
熱意	① ねつい	（工作）熱情
魅力	⓪ みりょく	魅力
信念	① しんねん	信心，信念
爪先	⓪ つまさき	腳尖
直立不動	⓪ ちょくりつふどう	直立不動
折り目	おりめ	折痕
経歴	⓪ けいれき	經歷
PR	③ ピーアール	宣傳

志望動機	④ しぼうどうき	應徵動機
業務内容	④ ぎょうむないよう	業務內容
曖昧	⓪ あいまい	模稜兩可
退職理由	⑤ たいしょくりゆう	辭職理由
趣味	① しゅみ	嗜好
特技	① とくぎ	一技之長
職歴	⓪ しょくれき	工作經歷
うなずく	③⓪	點頭（表知道，贊同）
非難する	① ひなんする	責難
人間性を探る	にんげんせいをさぐる	探索人性
踵をつける	きびすをつける	脚跟並攏
硬軟織り交ぜる	こうなんおりまぜる	交雜軟硬性
ハキハキと	⓪	有朝氣，爽快
前向き	まえむき	積極
ジェスチャーを交える	ジェスチャーをまじえる	摻雜手勢

5

▶ 6　会社での言葉づかい

１　社内でのあいさつ

◆外出する人へ

「いってらっしゃい」

「お気をつけて」

◆外出から戻った人へ

「お帰りなさい」

「お疲れさまです」

＜注：目上の人に「ご苦労さま」とは言わないように。「ご苦労さま」は目上の人が使うことばです。＞

２　時候のあいさつ

◆天候

「いいお天気ですね」

「はっきりしないお天気ですね」

「あいにくのお天気ですね」

◆春

「ずいぶんと暖かくなりましたね」

「すっかり春めいてきましたね」

◆夏

「毎日暑くて大変ですね」

「今年の夏は、格別に暑いですね」

◆秋

「ずいぶん過ごしやすくなりましたね」

「陽が短くなりましたね」

◆冬

「めっきり寒くなりましたね」

「暮れも押し迫ってきましたね」

＜注：こうしたあいさつ言葉を覚えておくと、会話の取っかかりになります。＞

３　謝る

◆謝る

「申しわけございません」

「誠に失礼いたしました」

◆努力したが、できなかったとき

「お役に立てず、申しわけございません」

＜注：相手が期待するような結果を出せなかったときは、あれこれ言い訳をしないで、先ず謝りましょう。事情を述べるにしても、その後にしましょう。＞

◆反省を表す

「二度とこのようなことのないよう、注意いたします」

◆遅刻を詫びる

「大変お待たせして、申しわけございません」

「出かけに急用が入ってしまいまして、…」

＜注：遅刻した理由がある場合は、具体的に説明しましょう。＞

◆約束を変更するとき

「誠に勝手なお願いで、申しわけないのですが、…」

「大変申しわけありませんが、後日、お約束できませんか」

＜注：相手を気づかいながら提案します。変更の理由は率直に伝

えましょう。＞

◆約束を破棄するとき

「この件は、白紙に戻させていただけないでしょうか」

「申しわけありませんが、この話はなかったことにしていただ

けないでしょうか」

＜注：自分の都合で一度契約したり、約束したことを破棄する場合は、

自分に責任があることを明確にして、心から詫びて謝りましょう。＞

4　お礼を言う

◆物をもらったとき

「先ほどは（／先日は）けっこうな物をいただきまして」

「ちょうだいいたします」

＜注：「ちょうだいいたします」は名刺を受け取るときにも使います。＞

◆お世話になったとき

「お世話になりました」

「恐れ入ります」

「ご協力いただきまして、ありがとうございました」

5　誘う

◆誘う

「いろいろお忙しいでしょうが、ぜひ…」

「みなさま、お誘い合わせの上、ぜひ…」

◆挨拶がわり

「お帰りの節にでも、ぜひお立ち寄りください」

「近くにおこしの際は、ぜひお立ち寄りください」

6 依頼する

◆依頼する

「～していただきたいのですが、お願いできますか」

「～していただけませんでしょうか」

＜注：日本では、たとえ上司が部下に頼む場合でも、命令口調は避けます。＞

◆前置きの言葉

「突然のお願いで恐縮ですが…」

「折り入って、ご相談したいことがあるのですが…」

「お手数をおかけして、申しわけありませんが…」

＜注：人にものを依頼する時は、前置きの言葉を添えましょう。＞

7 依頼を受ける

◆引き受ける

「承りました」

「承知しました」

「かしこまりました」

◆申し出る

「私にできることでしたら、なんなりとお申しつけください」

「どうぞ遠慮なくおっしゃってください」

8 相手の呼び方

◆取引先の呼び方

「御社」

「貴社」

「○○社さま／○○商事さま」

＜注：「御社」「貴社」でもかまいませんが、できるだけ「○○社さま」のように、正式名称で呼ぶようにしましょう。＞

◆自分の会社の呼び方

「弊社」

「小社」

「当社」

◆同僚の呼び方

「○○さん」

「○○くん」

◆上司の呼び方

「○○課長」

「○○部長」

＜注：上司には、姓に役職名をつけて呼びましょう。＞

9　話の切り出し方

◆尋ねる

「恐れ入りますが、どちらさまですか」

「つかぬことをお伺いしますが」

「立ち入ったことを伺うようですが、…」

「この点（／件）は、どうなさいますか」

＜注：お客さまがお見えになったとき、いきなり「どなたですか」と聞くのでなく、「恐れ入りますが」と一言添えた方がいい印象になります。＞

◆個人的な話を切り出す

「私事で恐縮ですが、……」

「個人的な話ですけれども、実は……」

＜注：個人的な話を切り出す場合、こうした前置きの言葉を加えましょう。＞

10　会社訪問と来客との応対

◆訪問したとき

《約束があるとき》

「お忙しいところを恐れ入ります」

「○○社の○○と申します」

「○○部の○○さまと、○時にお約束をしているのですが、

　……」

＜注：受付で、会社名・氏名、約束している相手の名をはっきりと告げ、呼び出してもらいます。＞

《約束がないとき》

「お約束はないのですが、営業部の○○様がおいででしたら、

　お目にかかりたいのですが、…」

＜注：基本的に約束なしで突然会いに行くのは、礼儀に反します。もし緊急を要することで会いに行く場合でも、丁寧に挨拶し、事情を話します。くれぐれも相手の都合を優先する姿勢を忘れないようにしましょう。＞

◆来客への対応

「いらっしゃいませ」

「遠いところを、よくお越しくださいました」

「わざわざお越しいただき、申し訳ございませんでした」

◆訪問先から帰るとき

「本日はお忙しいところ、お時間をちょうだいして、申し訳ご

ざいませんでした」

「遅くまで、ありがとうございました」

＜注：帰る際は、時間を割いてもらったことへのお礼を忘れないよ

うにしましょう。＞

◆来客が帰るときの対応

「また、ぜひお立ち寄りください」

「お気をつけてお帰りください」

「本日はありがとうございました。○○社長

（／さま／先生）にも、よろしくお伝えください」

＜注：来訪者が気持ちよく帰れるような挨拶を心がけましょう。＞

6

7　二十四節気と季節の花

春

立春（りっしゅん）
◆2月4日ごろ

◆春の始まり。この日から立夏の前日までが春。

雨水（うすい）
◆2月19日ごろ

◆雪の降ることがなくなり、これから雨が降るようになるという意味。

＜2月の花　水仙＞

啓蟄（けいちつ）
◆3月5日ごろ

◆冬眠をしていた虫が、穴から出てくるころという意味。

春分（しゅんぶん）
◆3月21日ごろ

◆昼夜の長さがほぼ同じになる。この日を境に昼の方が長くなり、本格的な春が始まる。

＜3月の花　桃＞

清明（せいめい）

◆4月5日ごろ

◆清浄明潔の略。気持ちのよい季節という意味。

穀雨（こくう）

◆4月20日ごろ

◆春雨が降って百穀を潤し、芽を出させるという意味。

＜4月の花　桜＞

夏

立夏（りっか）

◆5月5日ごろ

◆夏の始まり。この日から立秋の前日までが夏。

小満（しょうまん）

◆5月　21　日ごろ

◆陽気がよくなり、草木などの生き物が次第に生長して生い茂るという意味。

＜5月の花　菖蒲＞

7

芒種（ぼうしゅ）

◆６月６日ごろ

◆芒（のぎ）のある穀物の種をま

　くろという意味。芒というの

　は、稲などにあるトゲのような

　突起のこと。

夏至（げし）

◆６月 21 日ごろ

◆一年中で一番昼が長い。

＜６月の花　梔子＞

小暑（しょうしょ）

◆７月７日ごろ

◆梅雨明けが近く、本格的な暑さ

　が始まるころ。

大暑（たいしょ）

◆７月 23 日ごろ

◆最も暑いころという意味。

＜７月の花　紫陽花＞

秋（あき）

立秋（りっしゅう）

◆8月8日（はちがつようか）ごろ

◆秋（あき）の始（はじ）まり。この日（ひ）から立冬（りっとう）の前日（ぜんじつ）までが秋（あき）。立秋（りっしゅう）以降（いこう）の暑（あつ）さを「残暑（ざんしょ）」という。

＜8月の花　芙蓉（ふよう）＞

処暑（しょしょ）

◆8月 23 日（はちがつにじゅうさんにち）ごろ

◆暑（あつ）さが収（おさ）まるころという意味（いみ）。

白露（はくろ）

◆9月8日（くがつようか）ごろ

◆野（の）の草（くさ）に露（つゆ）が宿（やど）って白（しろ）く見（み）え、秋（あき）の趣（おもむき）がますます深（ふか）まるころ。

秋分（しゅうぶん）

◆9月 23 日（くがつにじゅうさんにち）ごろ

◆昼夜（ちゅうや）の長（なが）さがほぼ同（おな）じになる。この日（ひ）を境（さかい）にじょじょに昼（ひる）の方（ほう）が短（みじか）くなる。

＜9月の花　竜胆（りんどう）＞

7

寒露（かんろ）

◆10月8日ごろ

◆冷たい露の結ぶころ。

霜降（そうこう）

◆10月 24 日ごろ

◆霜が降りるころ。

＜10月の花　紅葉＞

冬

立冬（りっとう）

◆ 11 月7日ごろ

◆冬の始まり。この日から立春の
前日までが冬。

小雪（しょうせつ）

◆ 11 月 22 日ごろ

◆冷え込みが厳しくなり、小雪がち
らつくころ。

＜11月の花　石榴＞

大雪（たいせつ）

◆ 12 月 7 日ごろ

◆雪が大いに降り積もるころ。

冬至（とうじ）

◆ 12 月 21 日ごろ

◆一年中で一番昼が短い。

　寒さはこれからが厳しくなるが、

　日脚は徐々に伸びてくる。

＜12月の花　梅＞

小寒（しょうかん）

◆ 1 月 5 日ごろ

◆寒気はまだ最高ではないが、寒さ

　がいよいよ厳しくなっていくころ。

　この日が「寒の入り」で節分まで

　が「寒の内」。

＜1月の花　椿＞

大寒（だいかん）

◆ 1 月 21 日ごろ

◆一年中で最も寒いころ。

第一部

翻譯、解答

くらしの歳時記

▶ 1月的慶典活動與生活

新年快樂

　　日本的新年是元月初一到初七。初一到初三稱為「三が日」（新年頭三天），初一到初七，稱為「松の内」。元旦屬於國定假日，政府機關及銀行會從12月29日休息到1月3日。

　　從以前，一年的第一個日子，1月1日「元旦」這天，為了要迎接賦予我們生命的歲神，會舉行祭祀。新年期間，大家會互道「新年快樂」，這句話原是迎接歲神時的感謝之語。到了現代，人們會在門前裝飾松樹枝（門松）、供奉年糕（鏡餅）等來迎接歲神。而一家人會圍爐，吃前一天準備好的年菜；小朋友們則會拿到父母和親戚給的紅包。

　　最近，使用塑膠製的門松、年糕，或是在百貨公司採買年菜的家庭增加了。雖知現代人生活忙碌，但是這些東西希望盡可能自己做。

　　而在今日，說到「年歲增長」這事，似乎會變得不是很禮貌，但在以前「年歲增長」是甚受歡迎的。傳說，歲神會在新年現身，是為了要賦予萬物新生命。也就是說，「年歲增長」所代表的意思是，一年一次的新生。用現在的話來講，就是生命的再啟動。

使いましょう

1
a　金曜日、日曜日
b　お正月、旧暦の一月一日、一月三日

2
a　買い物に行った、公園を散歩した
b　晴れた、曇った

3
a　日本に留学する
b　私の、お弁当を作って

新年食物—年菜

　　在百貨公司等地方，有販賣現成年菜，但在以前，年菜是年底時，由母親花費時間和體力做的。

　　此外，還有一種叫「お雑煮」的東西，是將年糕放在湯裡來食用，年糕上則有各種配料。爸爸們期待的則是屠蘇酒。那是在新年喝的一種藥酒。事實上，屠蘇酒只要喝剛開始的一杯即可，接下來就可儘情品嚐自己喜愛的酒。這些東西就稱為新年年菜。

答えましょう

1　一月一日から一月七日までです。
2　歳神さまを迎え、おまつりする日です。
3　「あけましておめでとうございます」と言います。
4　私たちに新しい年の命を与えてくれる神さまです。
5　おせちやお雑煮などの祝い膳を食べます。

1月（睦月）曆法

I　新年初次參拜神社

新年一次參拜神社的習俗，乃是要祈求新的一年平安無事。參拜時，在寺廟神社買護身符、破魔矢、風車；或在繪馬上寫上願望、抽籤等，都是祈求今年能過個好年。

2　賀年卡

新年時，為表達感謝，會寄明信片給平常照顧自己的人或朋友。在畫有十二生肖圖樣的明信片上，寫上大大的「恭賀新年」、「賀年」、「新春」、「新年快樂」等賀語，並附上一些信息。

3　初夢

新年時，作的第一個夢稱為「初夢」。從以前，就有這種以夢的內容來預測一年運勢的夢占卜。

4　吃供神的年糕

1月11日是吃拜神年糕的日子。在這一天，大家一邊祈求全家圓滿，一邊享用著拜神的年糕。

5　成年日（1月的第二個星期日）

成年日會舉辦儀式，慶祝滿20歲的年輕人加入大人社會，這意謂著他們受到父母及周遭大人們保護的孩提時代結束，開始要獨立了。當天，可以看到女性穿著長袖和服；男性身著西裝或和服短褂和裙褲的正式禮服參與成年禮。

練習問題

I　①正月　②国民　③銀行　④命　⑤飾る
　　⑥最近　⑦今日　⑧現　⑨昔

2　①しゅくじつ　②かんこうちょう
　　③とし、あ　④かんしゃ
　　⑤かどまつ　⑥そな
　　⑦せいめい　⑧あら
　　⑨いわいぜん

3　①から、まで、と
　　②に、と、に、と
　　③の、や、に、×、を、ため、と
　　④が、に、の

4　①今でも　②もともと
　　③つまり　④今では

5　①まで　②だけ
　　③から　④ために

6　①行った、来た
　　②戻って、来る、動か
　　③安全の、締め
　　④朝早く、夜遅く

▶ 2月的慶典活動與生活

「鬼出去福進來」（節分的撒豆儀式）

原本，節分是指立春、立夏、立秋、立冬的前一天。在這當中，由於立春被認為是1年之始，所以春天的節分最為重要。現在只要說到「節分」，就是指立春。

立春大多在2月3日來臨，有時也會出現在2日或4日。這天在農曆中，是冬天的最後一天，等同一年的最後一天，所以為了迎新春，會舉行除祛去年穢氣、招徠福氣的儀式。代表的活動就是「撒豆」。

「撒豆」是在節分當天晚上八點到十點之間進行的。首先從玄關，接著再到各個房間，打開所有的門，一邊重複二遍大聲的說：「鬼出去、福進來」，一邊撒豆子。鬼的角色由一家之主、長子，或者是犯太歲的人扮演，而現在似乎有很多家庭都是親人們一起同樂進行。撒完豆子後，為了不讓鬼進來，要立刻關門窗。之後，家人一起吃和自己一樣歲數的豆子。犯太歲的人要多吃一顆，祈求厄運年早日結束。撒豆的風俗是從室町時代開始的，但它源起於從中國傳來的驅鬼儀式「追儺」。追儺是將病痛、災難視為鬼怪，用桃弓、蘆葦箭來驅趕。後來弓箭改由豆子代替，成為「撒豆」的由來。

⌂ 使いましょう

a　春の初めの
b　悪いことが起こりやすい

a　新聞を読み、食事をし
b　歩き、話し

a　わかる
b　早めに出た

日本鬼和中國鬼

說到日本的鬼，就會令人聯想到頭上長著二隻角、頭髮像是燙過似的捲曲、下齒尖銳形成犬齒向上突起的可怕面貌。

然而，中國所謂的「鬼」，指的是死去的人，留戀人世幻化成人現身的鬼魂，所以中國鬼的形象和日本截然不同。因此，中國人聽到日文的「工作鬼」（工作狂）這句話，會聯想到過勞死或其他死因的人，化為憤恨人世而夜夜現身的鬼魂。

答えましょう

1　立春の前の日を指しています。
2　邪気を払って、福を招く行事です。
3　「鬼は外、福は内」と言います。
4　家族の一人一人が、年の数だけ拾って食べます。
5　7世紀ごろに中国から伝わった「追儺」の儀式です。

２月（如月）曆法

１　建國記念日（２月１１日）

日本書記中記載，統一日本成為第一位天皇的是神武天皇。當然神武天皇是沒有科學根據的神話人物。紀元前660年２月11日被當作是神武天皇的即位日，日本想將這個日子當成建國日來慶祝的趨勢高漲，因而在1966年成為國定假日。

２　情人節（２月14日）

２月14日在日本被當作是「女性要送男性巧克力的日子」。事實上它的起源是Mary Chocolate公司於14日這天，在東京的「伊勢丹」百貨公司販售巧克力而開始的。

鬼怪民間傳說「桃太郎」

民間故事「桃太郎」説的是，從桃子裡出生的桃太郎帶著糯米糰去降服鬼的故事。桃太郎在前往鬼居住的鬼之島途中，遇見了狗、猴子、雉，他給牠們糯米糰後，成為夥伴，合力降服鬼的故事。那麼，就登載故事的一段開頭吧！

「從前從前，有個地方住著老爺爺和老奶奶。老爺爺到山裡砍柴，老奶奶到河邊洗衣服。結果有顆大桃子飄流過來。歡喜的老奶奶背著那顆桃子回家了。正要將桃子切開時，桃子裡出現了一個嬰兒…。」

練習問題

１　①豆　②大切　③行　④主人
　　⑤現在　⑥家族　⑦風習　⑧世紀
　　⑨恐、顔

２　①りっしゅん　　②きゅうれき
　　③ふく、まね　　④げんかん
　　⑤く、かえ　　　⑥ちょうなん
　　⑦やくどし　　　⑧やまい
　　⑨つの、は

３　①で、と、を、に
　　②で、の、の、の、に
　　③を、×、で、と、を
　　④の、に、が、×、の、が、に／と、に

４　①つたわった　　②あたる
　　③むかえ　　　　④おこない

５　①ように　　　　②というのは
　　③ぐらい　　　　④といえば

６　①繰り返さない、注意し
　　②助け、あい、生きて、いか
　　③眠れる、静かに
　　④し、帰って

３月的慶典活動與生活

女孩子的「女兒節」

「女兒節」是在３月３日用人偶裝飾，祈求女孩子幸福美麗長大的儀式。女兒節原本是從中國傳來的巳節。在中國，３月３日被當成災難日，所以以前就會在河邊淨身、喝灑有桃花的酒、泡放桃葉的澡等，來祈求無病消災。因此，又稱作「桃花節」。

據說自古在中國，就有桃花為長壽的象徵，有避邪力量的傳說。可是，「桃花節」是農曆的３月３日，現在在日本舉行女兒節的新曆３月３日時期，只有開梅花，桃花還沒綻放呢。

不久，「桃花節」就成了將人的污穢和災難等轉移到人偶身上後，放水流並舉辦驅邪儀式的活動。據說「人偶放水流」孕育而產生了「女兒節」。「人偶放水流」的風俗，至今還留傳在日本各地。

女兒節人偶，大約在「女兒節」前１～２禮拜擺設。擺設的前一天，還會供奉桃酒和菱形糕餅等。然後，找來親朋好友，款待他們。自古傳說，將女兒節人偶一直擺著的話，會耽誤婚期，意思應該是「不會收拾的女孩，不能成為好新娘」吧。

 使いましょう

1
a　まだです（まだ食べていません）
b　入っています

 2
a　わかる
b　泳げる（話せる／弾ける）

 3
a　近く進学説明会が開かれる
b　この湖には龍が住んでいた

春分—清明節和掃墓—

３月21日左右，叫作「春分」，是國定假日。春分是白天和夜晚一樣長的日子，以前的人，將這天當成迎春來慶祝的日子。另外，這天的前後各三天，稱為「彼岸」。為了表達對祖先的感謝，日本有獨特的掃墓佛教儀式。所謂的彼岸，是指沒有迷惘，頓悟的世界。彼岸是在春分和秋分的各前後三天，一年有二次。春天是在三月十八日；秋天是在九月二十日左右就進入彼岸。

答えましょう

1　ひな人形を飾って、女の子の幸福と美しく成長することを願う行事です。
2　厄日と考えられていました。
3　桃の花を浮かべた酒を飲んだり、桃の葉を入れたお風呂に入って、無病息災を願ったからです。
4　人のけがれや災いなどを人形に移して川に流し、不浄を払う行事です。
5　昔から、おひなさまをいつまでも出しておくと、婚期が遅れると言われているからです。

3月（彌生）曆法

1　女兒節（3月3日）

2　國際婦女節（3月8日）

　　1904年3月8日，紀念紐約的女性勞工發起女性參政權運動，而將這天定為國際婦女節。在日本，戰敗後實行選舉法改革，女性選舉權獲得認可。1946年4月，第一次有女性參選的眾議院選舉中，產生了39名女性議員。

3　畢業季

　　在日本，畢業典禮大多是在3月舉行，幾乎成了春天專有詞。高中大多是在上旬舉行；大學、短大多在下旬舉行。

4　春分（3月21日左右）

知道嗎？桃子的起源

　　『西遊記』中，有孫悟空吃了天上桃源鄉長生不老桃的故事。那時的桃叫作「毛毛（もも）」，是一種長了很多毛、很硬的水果，大家知道嗎？

　　中國生長的桃，是由絲路從中國傳進西域。從中國西進的桃子，果肉變成黃色。成了黃桃。以前，桃子也有傳到日本，像現在一樣的桃子是出現在明治時代，當時發現了白桃，是中國傳來的品種經由自然配種，偶然產生的。之後，就一再地品種改良。所以「白桃」是日本獨特的品種。

📞 練習問題

1　①幸福　②成長　③行事　④言、伝
　　⑤風呂　⑥梅　　⑦娘　　⑧意味
　　⑨春、訪

2　①まつ　　　　　②にんぎょう
　　③かわら　　　　④ちょうじゅ
　　⑤わざわ　　　　⑥はら
　　⑦こんき　　　　⑧ひがん
　　⑨せんぞ

3　①で、に、の、を、に、を
　　②で、が、の、の、ので、の、は
　　③の、も、に
　　④から、を、まで、と、が、と

4　①もう　　　　　②やがて
　　③まだ　　　　　④また

5　①の　　　　　　②ところ
　　③こと　　　　　④ため

6　①帰って、いない
　　②練習して、使える
　　③復習して、おけ、前に、なって、慌て
　　④聞いた、近く、結婚する

▶ 4月的慶典活動與生活

現實主義

到了櫻花開的季節，家人、朋友和公司同事會聚集在櫻花樹下，打開便當，喝酒唱歌……這樣的情景在日本到處展開。或許這種風俗只在日本看得到吧。

賞花的盛行，據說是從江戶時代的元祿開始的。賞花不分貧富貴賤。大家各自組團帶著便當，吃吃喝喝好不熱鬧。對平常在嚴格的士農工商階級制度中生活的老百姓來說，這似乎是個無拘無束，恢復精神的大好機會。這至今依然不變。賞花的時候，上司和部屬拋開身份喝酒嘻鬧，有時會有人裸體跳舞，也有因酒精作祟而開始吵架鬧事的。「賞花」所賞的當然是櫻花。在晚上賞花，叫作「賞夜櫻」。但是，對老百姓來說，吃喝胡鬧比櫻花更有樂趣。這就叫作「眼福不如口福」。

若是你看到日本人賞花的情景，或許會對日本人有所改觀也說不定。

梅花和櫻花

梅花第一次被帶到日本，似乎是在奈良時代，由遣唐使帶回當作藥用的。在這個時代，只要講到花，就是指梅花。由於當時，梅花是深受中國文人愛戴的花，對那個時候視中國文化為理想的日本人而言，梅花才是花的代名詞。但是，到了平安時代，「假名」出現，遣唐使被廢除後，就逐漸形成了一種稱作「貴族文化」的獨特文化。隨著那股文化，自古原生於日本山野的櫻花，開始比梅花備受尊重，不久，櫻花就替代了梅花。像這樣櫻花會被當成國花，是與國風文化的發展有密切關係的。

👤 答えましょう

1　お弁当を広げて、お酒を飲んだり歌ったりします。

2　江戸時代の元禄のころからです。

3　羽を伸ばしてリフレッシュする絶好の機会でした。

4　桜の花を見るよりも、飲み食い騒ぐ方が楽しいという意味です。

5　国風文化の発展につれて、中国文化を代表する梅よりも、昔から日本の山野に原生していた桜が尊ばれるようになったからです。

🏠🍴 使いましょう

a　上がる
b　雨になる（雨が降る）

a　健康であることです
b　私（彼／彼女）

a　風邪を引いた
b　小さい、大きい

4月（如月）暦法

1 愚人節（4月1日）

4月1日是愚人節，這一天縱使説謊嚇人，也是被允許的。

2 花祭（4月8日）

4月8日是釋迦牟尼的生日。他是距今2500年前，位於喜馬拉雅山麓，迦毘羅城的太子，出生於倫比尼花園。

據説釋迦牟尼出生的時候，周圍百花齊放，音樂響起，降下甘霖。因此，現今寺廟舉行「花祭」時，是用花裝飾花佛堂，安放他出生時手指天地的神像，並放有甘茶來以示慶祝。

3 入學季

在歐美，入學典禮一般是在9月，但在日本，入學典禮是春天櫻花綻放時的例行公事。因學習指導要領中制定「升國旗的同時要齊唱國歌」，故在教育上發生了各種問題。

4 綠色節（4月29日）

原本是昭和天皇的「天皇生日」，但現在已更名為國定假日「綠色節」，是「親近自然的同時，要感謝它的恩惠，蘊育豐富心靈的日子」。

☎ 練習問題

1　①季節　②会社　③花見　④金持
　　⑤生活　⑥上司　⑦大変　⑧楽
　　⑨持、帰

2　①なかま　　　　　②どうりょう
　　③いた、ところ　　④しのうこうしょう
　　⑤みぶんせいど　　⑥はね、の
　　⑦はだか　　　　　⑧いきお
　　⑨こくふうぶんか

3　①が、に、と、や、の、の、に、を
　　②が、の、の、から、と
　　③に、が、と
　　④を、と、の、に、こそ、の

4　①それぞれ　　　　②もちろん
　　③ときに　　　　　④しだいに

5　①として　　　　　②について
　　③につれて　　　　④にとって

6　①考えよう、しない
　　②覚えて、いない
　　③見て、できなかった
　　④作られた、言われて

▶ 5月的慶典活動與生活

兒童節和黃金週

　　黃金週是指4月底到5月初之間，有多個國定假日的大型連假。黃金週包括有國定假日「綠之日（4／29）」、「行憲紀念日（5／3）」、「國民假（5／4）」、「兒童節（5／5）」。這些節日和星期六日銜接得好的話，就產生了約一個禮拜的大型連假。

　　渡黃金週的方法，因人而異有各種過法，有小孩的家庭大多是家族旅行。在這期間，日本的觀光場所充斥著帶著小孩的家庭。根據調查，2006年的國外旅行人數56萬人，創下有史以來最高紀錄；國內旅行人數2000萬人以上，有點像是民族大遷移。

　　而黃金週的最後一天5月5日，是「兒童節」。以前叫作「端午節」，是慶祝男孩子強健成長的日子，但依據1948年制定的國定假日法，這天成了不分男女，祈求小孩健康成長的節日。但是，由於原本是「端午節」，所以還是會泡菖蒲藻、吃柏餅，有男孩子的家庭會裝飾「盔」、「鯉魚旗」和「五月人偶」。

　　據説「鯉魚旗」是出自於中國傳説故事「鯉躍龍門」，躍過急流黃河龍門的只有鯉魚。自此，也產生「登龍門」一詞。

🏠 使いましょう

 1

a　深夜、早朝

b　6月10日、7月10日

 2

a　暇な、とき

b　国、文化や習慣

 3

a　成績

b　法律

「母親節」和康乃馨的故事

　　1907年，美國的安娜（Aua Jarvis）在亡母的追悼會上，分發母親喜歡的康乃馨給參加者。之後在全美流傳開來，1914年美國議會將5月的第2個星期日定為「母親節」。

　　在日本，也在教會推動之下，約自1949年起，「母親節」正式成為一年的節日之一。傳到現在，這天就成了小孩送母親康乃馨，表達平日感謝的日子。

　　康乃馨的花語是表示，母親的愛情、純潔的愛、母愛等。紅色康乃馨表示「健在的母親的愛」，白色康乃馨表示的是「接受亡母的愛」。

👫 答えましょう

1　4月末から5月初めにかけて、多くの祝日が重なった大型連休のことです。

2　1948年です。

3　「端午の節句」と呼ばれ、男の子が強くたくましく育つことを祝う日でした。

4　柏餅を食べたり、男の子のいる家では「兜」や「こいのぼり」「五月人形」

を飾ったりします。

5　中国の昔話、「鯉の滝登り」の話が元に
　なっています。

5月（皐月）暦法

| May Day（5月1日）

　　國際勞動節。以勞工組織為主，進行集
會或示威活動。

2　憲法紀念日（5月3日）

　　1947年5月3日，頒布了日本國憲法。
以茲紀念便將這天定為國定假日。之後50年
間，日本憲法完全沒有加以修正而傳承著，
其內容主張天皇象徵制・三權分立・民主主
義・人權尊重・和平主義等。

　　關於憲法，最常被爭論的是第九條的問
題。

　　第九條：日本國民真誠地祈望以正義和
秩序為基本方針的國際和平，並永久放棄為
國家主權發動戰爭、武力恫嚇或者是行使武
力作為解決國際爭端的手段。

　　為達前項目的，不維持陸海空軍及其他
戰力。不承認國家交戰權。

　　是否要修改這第九條，在日本的國政上
成了最大的焦點，在憲法紀念日，護憲派和
改憲派會各自召開集會，展開激烈對立。

3　兒童節（5月5日）

4　國民日（5月4日）

　　「國民日」是為了給工作過頭的現代人
增加休假而制定的。

5　母親節（5月第2個星期日）

練習問題

|　①含　　②過ごし方　③海外　④男女
　⑤願　　⑥昔話　　　⑦言葉　⑧協会
　⑨愛情

2　①けんぽう　　　　②おおがたれんきゅう
　③こうらくち　　　④あふ
　⑤みんぞく　　　　⑥けんぜん
　⑦きゅうりゅう　　⑧ついとうかい
　⑨な、はは

3　①と、から、に、が、の、を
　②と、が、と、ほど、が
　③が、で、に、が
　④ごろ、が、と

4　①うまれた　　　　②つながって
　③あふれて　　　　④そだった

5　①によって　　　　②にかけて
　③に対して　　　　④によると

6　①大きく、なる、成長した
　②勉強して、おかない
　③いじめた、恥ずかしくない
　④使い、ない

213

Ⅲ▶ ６月的慶典活動與生活

露天溫泉日和混浴傳統

６月26日是露天溫泉日。去大型溫泉地的話，幾乎都有露天溫泉，在寬敞的室外泡澡是開放式的，可以轉換心情。在各地還殘留有混浴的地方，在混浴露天溫泉的女性客人較為有活力，男客害羞地低著頭的情形似乎較多。

在日本叫作「入込み湯」（混浴），是自古以來就有的混浴的風俗。奈良時代的「風土記」中寫著，源源不絕湧出的溫泉中，不分男女老幼，大家都高興地泡著。

江戶時代中期，屢次頒布混浴禁止令，不久就產生男女分開的澡堂，而在地方的溫泉地，男女是一起泡溫泉的，互相擦背是理所當然。在現在，還有很多的混浴露天溫泉，入口雖是男女分開，但有很多地方是進到裡面就成了混浴澡堂，所以討厭混浴的人，事先要仔細地調查清楚。

而對於外國來的朋友還有一個地方希望要留意。在日本，講到洗澡，習慣是在泡澡盆裡慢慢地浸泡熱水。聽説外國人到日本人家裡寄宿，洗完澡後，會把洗澡水放掉。但是在日本，泡澡前要先洗身體。只要在泡澡盆裡浸泡就好，不要在浴缸裡洗身體，所以洗澡水是不髒的。這就是日本的入浴禮儀，請牢記。這就是所謂的「入境隨俗」唷。

🏠🌲 使いましょう

1

a　おいし
b　簡単（易し）

2

a　かけて
b　準備して（作って）

3

a　しまって
b　ビール、冷やして

換季與入梅

換季是指因應季節更換衣物。換季是季節變化明顯的日本特有的習慣。在現在，形成了一股配合氣候，隨意怎麼穿的風潮，但和服至今仍保有嚴格穿衣習慣，分成６月１日起，穿的是「單衣」（夏季衣物），10月１日起穿的是「夾衣服」（冬季衣物）的習慣。

進入梅雨季，叫作入梅，在這之後約一個月間，會持續下雨，是令人鬱悶的時期。據説「梅雨」這個詞是由於剛好梅子成熟時，所下的雨而命名的。

👤 答えましょう

1　露天風呂というのは屋外にあるお風呂のことです。

2　開放的で気分が変わっていいです。

3　「入り込み湯」と呼ばれていました。

4　いいえ、なくなりませんでした。

解答

5　お風呂の中で体を洗ったり、お風呂が終わった後にお湯を抜いたりしてはいけません。

６月（水無月）曆法

１　環境日（６月５日）

　　６月５日是「環境日」。1972年６月５日，為了紀念第一次召開地球高峰「聯合國人類環境會議」，而制定了「世界環境日」。在日本，隔年開始就將這天定為「環境日」，各地的環保團體，以這天為中心，展開Green Up作戰等運動。

２　海外移居日（６月18日）

　　1908年（明治41年）６月18日，載著從日本來的781名首次團體移民者的笠戶丸抵達巴西的桑多斯港（Santos）。之後，又有移民相繼移往中南美和北美，移居的人雖然過著艱辛的生活，可是在這些國家構築起日系社會。秘魯的前總統藤森即是有名的例子。

３　父親節（６月第３個星期日）

　　為了感謝平常辛勞工作的父親，將６月的第３個星期日制定為「父親節」。美國家庭會送白色玫瑰，日本的父親節，有時會送含有「祝所愛的人平安」之意的「黃色緞帶」。

４　露天溫泉日（６月26日）

📞 **練習問題**

１　①温泉　②元気　③地方　④事前　⑥湯、抜　⑥体　⑦変化　⑧気候　⑨自由

２　①おくがい　②きぶん　③わ、で　④ろうにゃくなんにょ　⑤せんとう　⑥しゅうかん　⑦よご　⑧つゆ　⑨ふうちょう

３　①で、に、の、が
②で、と、から、の、が
③の、に、を、が
④で、に、だけ、の、で、を／は

４　①はっきり　②ゆっくり　③ほとんど　④たびたび

５　①まえ　②とき　③と　④あと

６　①あって、便利
②入れて、冷やして
③読んで、置いて、おいて
④帰り、あった、伝え

▶ ７月的慶典活動與生活

銀河傳說和七夕祭典

　　講到七夕，就會想到牛郎織女，一年只能一次越過銀河見面，充滿悲傷浪漫的愛情故事。

　　據說這個傳說，是在奈良時代從中國流傳到日本的。牛郎星和織女星的傳說，夾雜著日本自古以來的棚機津女信仰，而產生了向星星祈求手藝進步或稻米豐收的宮中儀式。因此，７月７日被稱為「七夕」。

　　到了江戶時代，七夕的儀式也擴大到民間。在竹子上裝飾著寫有願望的詩箋，這樣的作風在這個時候已經普及。裝飾詩箋是在６日晚上，７日再將七夕裝飾放入大海或河川流走。然而現在，因環境污染問題，一般已不放進海裡或河川，而是拿到神社燒掉。在全國各地都有舉行七夕祭典，特別是仙台和平塚的七夕祭最有名。滿街都被日本紙和竹子所作成的豪華七夕飾品所淹沒。

　　原本，日本一直都是慶祝舊曆的七夕，但自從明治改為太陽曆後，就逐漸開始在新曆慶祝。可是新曆的７月７日是梅雨最旺的時候。若是當天晚上下雨，無法渡河的話，牛郎和織女那一年也不能見面了。所以，我們就來祈求七夕夜晚不要下雨吧。

使いましょう

1

a　木村先生
b　運動会

2

a　駅、送って
b　安くして

3

a　事故の
b　遅刻した

中元節的起源

　　說到中元節，在７月初到15日左右，送禮物給平常照顧我們的親戚和上司是日本的習慣。中元原本是表示日期的一個詞，其起源來自於中國。「中元」是舊曆的７月15日，為道教習俗「三元」的（上元、中元、下元）其中之一。道教將這天當成贖罪日，有供奉食物祭拜神，款待別人這樣的習慣。這習慣傳入日本，結合了盂蘭盆會，成了中元。據說，盂蘭盆會時，整個家族會各自帶著供品來拜祖先是中元送禮的由來。

答えましょう

1　牽牛と織姫の話です。

2　牽牛星と織女星の伝説と、日本古来の棚機津女〔たなばたつめ〕の信仰が混ざり合ったからです。

3　願い事を書きます。

4　七夕飾りを流すと、川や海が汚れるからです。

5　日ごろお世話になっている親戚や上司に、品物を贈る日本の習慣のことです。

7月（文月）暦法

1　七夕（7月7日）

2　土用鰻

所謂的土用，是指立春、立夏、立秋、立冬前的18天，但現在只用在立秋前18天。剛好在大暑稍前到結束的「暑中」。進入土用，大約是在7月20日左右。在日本土用時，有吃「う」字開頭食物的習慣，像是烏龍麵、梅干、瓜、鰻魚等各類食物，目的像是在去除夏天的疲勞、防止夏天食慾不振。尤其是「土用鰻」，吃鰻魚成了夏天的一種例行公事。

3　海之日（7月第3個星期一）

7月的第3個星期一是「海之日」。原本稱為「海之紀念日」，但之後，1996年基於「大家來思考海、親近海、珍惜海」的宗旨，就成了國定假日的「海之日」。

日本是四面環海的海洋國家，與海的關係非常深遠。自古以來，日本文化是從中國、朝鮮渡海而來，而且現在日本和外國之間進行的貿易，有99.8%是靠海上運輸。另外，海還提供魚、貝類和海帶等豐富的海產。不過，平常日本人似乎忘了海所給予的恩惠。因此，才會制定出這個「海之日」。

📞 **練習問題**

1　①渡　　②悲　　③星　　　④環境
　　⑤神社　⑥一般的　⑦海、流　⑧竹
　　⑨品物

2　①たなばた　　　②ものがたり
　　③でんせつ　　　④ていちゃく
　　⑤おせん　　　　⑥おこな
　　⑦ごうか　　　　⑧まっさいちゅう
　　⑨せわ

3　①と、と、に、だけ、を、が、と、を
　　②に、と、の、に
　　③と、から、に、に、に、を
　　④で、を、の、と、に、を、を、が

4　①ひろがった
　　②おもいだした
　　③もてなす／もてなした
　　④おくった

5　①ところが　　　②だから
　　③もし　　　　　④さて

6　①暖冬、前な、越えた
　　②謝れ、許して、考えない
　　③笑い、痛く
　　④知られない、渡して

▐▶ 8月的慶典活動與生活

夏天即景詩—盂蘭盆會舞和煙火大會—

　　盂蘭盆會是以舊曆7月15日為中心，所舉行奉祀祖先的儀式，這是日本自古以來，祖靈會從黃泉回到人世的信仰，結合佛教而形成的儀式。明治以後，大多數的儀式轉為在新曆舉行，可是只有盂蘭盆會，至今有很多地方仍在8月同時期舉辦。大致上，8月13日的「迎靈日」到16日的「送靈日」共4天，是盂蘭盆會。

　　盂蘭盆會期間，大家都會去掃墓，打掃墳墓。或是將自家的神壇清理整潔，供奉花或當季的蔬菜。在盂蘭盆會結束時，會有點燃送神火，恭送祖先回到陰間的儀式和放水燈活動。以京都有名的「大文字祭」（正式名稱：五山送神火），規模最大。對日本人而言，為了供奉祖先，這天可說是一年最重要的日子。

　　而在盂蘭盆會期間，在寺廟內和城鎮的廣場等地，都會舉行盂蘭盆會舞。因為是村鎮和街道自治會的例行儀式，只要是日本人，誰都有夏日祭典和盂蘭盆會舞的回憶留殘在心中吧。到現在，講到盂蘭盆會舞，只有圍著瞭望樓打太鼓、穿浴衣跳舞快樂玩耍的印象，但它原本是撫慰盂蘭盆會期間回來的祖靈，再恭送祂們離開的儀式。和盂蘭盆會、盂蘭盆會舞無法切割開來的，應該是夏天即景詩—煙火大會吧。

⚑ 使いましょう

１

a　国際交流

b　殺人犯

２

a　新入生を迎える

b　生きる、食べる

３

a　こちら

b　来年

盛暑問候

　　所謂的暑中，指的是「大暑」期間，從7月20日左右，到8月8日立秋的前一天。因此，盛暑問候卡要在這段期間寄出，讓對方收到。過了這期間，就寄殘暑慰問卡。

　　再者，像賀年卡一樣，在收到盛暑問候卡和殘暑慰問卡後，務必也要寄出謝函喔。

👤 答えましょう

１　旧暦の7月15日を中心に行われる先祖供養の儀式のことです。

２　死後の世界という意味です。

３　送り火をしてご先祖さまをあの世へ送り出す行事のことです。

４　お盆に戻った霊を慰めて、送り出すためのものでした。

５　日本人にとって、先祖供養のための日、一年で一番大切な日です。

8月（葉月）暦法

1　原子彈投下～敗戰（8月15日）

8月6日　廣島落下原子彈

8月9日　長崎落下原子彈

8月15日　接受波茨坦宣言・日本無條件投降（＝終戰紀念日）

8月30日　聯合國總司令麥克阿瑟將軍，降落厚木機場

不能遺忘「原子彈～終戰紀念日」

美軍於1945年8月6日在廣島、8月9日在長崎投下了原子彈。廣島的30萬市民和長崎的8萬市民瞬間死亡。軍方雖高喊「本土決戰」，但天皇果斷決定要接受「波茨坦宣言」。

1945年8月15日，ＮＨＫ電台播放天皇的聲明，告訴全國國民日本已戰敗。日本將這天視為太平洋戰爭結束日，成了終戰紀念日。另一方面，對韓國和台灣人民來説，這一天是紀念脱離日本殖民地統治的日子，在台灣，這天成為國定假日「光復節」。

2　暑假結束（8月31日）

中小學的暑假幾乎都是從7月20日到8月31日，但在夏天較熱的地區，暑假會較長，寒假會縮短；相反地，冬天較冷的地區，暑假會縮短，而寒假變長。但是，大部分的中小學校都是在這天，結束愉快的暑假。

☎ 練習問題

1　①中心　②仏教　③掃除　④有名
　　⑤大切　⑥寺　⑦広場　⑧送、出
　　⑨花火

2　①せんぞくよう　　②しんこう
　　③はか　　　　　　④けいだい
　　⑤こうれい　　　　⑥ぼんおど
　　⑦なぐさ　　　　　⑧しょちゅうみま
　　⑨ねんがじょう

3　①に、の、が、に
　　②に、の、が、から、に、と、の、が
　　③なら、でも、に、や、の、が
　　④で、と、と、が、を、の、しか

4　①たのしく　　　　②はずかし
　　③きれい　　　　　④かなしい

5　①というと　　　　②を中心に
　　③に応じて　　　　④こそ

6　①第一、しない、し
　　②行かせる、通わせた
　　③暑さ、ない／ありません
　　④空いて、座り、疲れ

▶▶▶ 9月的慶典活動與生活

關東大地震和「防災日」

9月1日是「防災日」。是為了不忘記1923年這天發生關東大地震（死者・失蹤者14萬人以上，江戶時代所建的木造建築也在這個時候燒毀）的教訓，於1960年制定的。另一個由來是「二百十日」的災難日。從立春算起第210天，約等於太陽曆9月1日，是颱風侵襲的災難日。因此，9月1日防災日，日本全國會進行假想大地震和災害發生的防災訓練。

日本從以前就列了可怕的事物，所謂「地震・雷・火災・父親」。在現代，雖然「父親」變得不可怕了，但地震仍是日本人最怕的東西。1995年1月17日也發生了阪神淡路大地震，死亡人數6434名、失蹤者3名，房屋倒塌等，造成損失約10兆日圓的災害。

因此，日本的家庭，為了以防萬一都會確認逃生場所、準備每個人的緊急救生袋。袋子內，準備了一個人最低限度的東西，例如；礦泉水、泡麵、罐頭、藥品等。各位，「有備無患」喔！

🏠🍴 使いましょう

1
a　タバコを吸わなくなった
b　彼とは会っていません

2
a　愛情（心）
b　神社にお参りをした

3
a　おいしくなくなった
b　飲めなくなりました

敬老節（9月15日）

9月15日是敬老節。尊敬長期為了社會盡心盡力的高齡者，祝福他們長命百歲的日子，還蘊含著希望年輕世代能關心老年人福利的心情。

各位知道所謂高齡者是從幾歲算起嗎？一般將65歲以上稱為高齡者，高齡者比例有7％～14％的社會稱作高齡化社會，14％～21％的社會叫作高齡社會，超過那個比例的叫作超高齡社會。日本在1994年成為高齡社會，預計在2010年會成為超高齡社會。

👫 答えましょう

1　大地震や災害の発生を想定した防災訓練が行われます。
2　台風が一番よく来襲する厄日です。
3　避難場所を確認しあい、各人用の非常持ち出し袋が用意しています。
4　ミネラルウォーター、インスタント食品、缶詰、医薬品などです。
5　高齢者の割合が14％～21％の社会のことです。

9月（長月）曆法

1　防災日（9月1日）

2　菊〔重陽〕節（9月9日）

3　中秋滿月（9月15日）

　　舊曆8月15日的月亮稱為「十五夜」、「中秋滿月」。舊曆的1～3月是春天，4～6月是夏天，7～9月是秋天，10～12月是冬天。因此，8月是秋天正中的月份所以叫作「中秋」。

　　自古以來，滿月被認為是一種最美的東西。尤其是中秋的這個時節，空氣清淨，據說可以看到最美的滿月，所以在平安時代初期，有了在這一天邊賞月邊舉行宴會的風俗習慣。這習俗擴大到一般平民之間是在江戶時代以後，在可以看得見月亮的地方，裝飾狗尾草，盛滿賞月團子、芋頭和毛豆等，大人們喝著賞月酒。

4　敬老節（9月15日）

5　秋分日（9月23日左右）

　　秋分和春分一樣是白天和夜晚等長的日子。以秋分為中心的前後一個禮拜，稱為「秋彼岸」。家家戶戶，會去掃墓、舉行祭祀祖先的「法會」。

　　原本在日本，有慶祝春分和秋分時豐收的神道儀式，但伴隨著佛教的滲透，秋分開始有了在「秋彼岸」祭祀祖先的意味存在。在1948年，這天帶著廣義「尊敬祖先、追憶往生的人」的意思，被制定為國定假日。

📞 練習問題

1　①以来　②火事　③忘　④意味
　　⑤台風　⑥地震　⑦雷　⑧用意
　　⑨例

2　①ゆくえふめい　　②もくぞうけんちく
　　③ゆらい　　　　　④らいしゅう
　　⑤かおく　　　　　⑥ひがい
　　⑦なかみ　　　　　⑧そな
　　⑨ちょうじゅ

3　①から、の、が、×
　　②に、で、や、の、を、が
　　③の、で、と、に、を、が
　　④と、の、か、か

4　①いっぱんに　　　②やはり
　　③いざ　　　　　　④たとえば

5　①以前　　　　②以後
　　③以来　　　　④以外

6　①留学して、帰って、いない
　　②私の、込めて、作って
　　③使う、書け
　　④備えて、貯金して

▮▶ 10 月的慶典活動與生活

「體育日」和秋季運動

以前是在10月10日，現在是10月第2個星期一，當成「體育日」的一個節日。「體育日」是紀念1964年10月10日舉行東京奧林匹克開幕式而制定的。東京奧林匹克對日本而言，是宣告「戰後」的結束。以這個活動為界線，日本從貧窮的國家搖身一變成富庶的國家，躍入高度經濟成長時代的最盛期。

而講到「體育日」的活動，應該就會想到中小學校所舉辦的「秋季運動會」吧。那麼，這「運動會」是從什麼時候開始的呢？在日本本來就有刀術、弓術和馬術等特定的競技大會，但並沒舉辦「運動會」這樣全方位體育的活動。聽説運動會是在明治文明開化時，從西洋傳進來的。剛開始，差不多接近軍事訓練，但隨著舉辦次數的增加，成了地區的慶祝活動。在運動會，晴朗的秋季天空下，親子一起打開親手作的便當，父母聲嘶力竭的喊著「加油」，聲援自己的兒女。所以，對小孩子來説，運動會不管以前或現在都是特別的活動。

現在這個社會，擔心因運動不足、壓力、脂肪和糖分過多的食物而引起肥胖，所以以「體育日」為契機，也許可以開始作適合各自體力和年齡的運動也説不定。

使いましょう

1
a ほんとう
b 雨が降る

2
a 体力が衰えてきた
b 嫌な思い出も忘れていった

3
a 何かいいことがあった
b そんなことがあった

慶祝秋收的「神嘗祭」和萬聖節

從10月15日到25日，伊勢神宮會舉行神嘗祭。這是將那一年收割的新米，最先奉獻給神明，感謝秋收的一個儀式。在戰前成了國定假日。

同樣的祭典還有「萬聖節」。據説這個祭典的起源是來自於，古代凱爾特人的秋收感謝祭。在美國，小孩子會將南瓜挖空，作成燈籠，一到夜晚就打扮成妖怪的樣子，去拜訪鄰居家，説「Trick or treat」（不給糖就搗蛋），跟人家討糖果。

答えましょう

1 小中学校で運動会が行われます。

2 日本の戦後が終わり、貧しい国から豊かな国へと変わった年です。

3 軍事訓練に近いものでした。

4 親子が一緒に手づくりの弁当を広げ、親たちは「がんばれー」と声の限りに自分の娘や息子に声援を送ります。

5 どちらも秋の収穫に感謝するお祭りです。

10月（神無月）歷法

１　換季（10月１日）

換季的習慣是從宮中儀式開始的。當時，是在舊曆的４月１日和10月１日實行的。換季改為６月１日和10月１日是在明治以後，學校、政府機關和銀行等需要穿制服的地方，現在也都在這天進行換季。

２　體育日（10月第２個星期一）

３　神嘗祭（10月15日～25日）

４　原子能日（10月26日）

1963年10月26日，為了紀念東海村日本原子能研究所的動力實驗爐為日本首次的發電成功，而制定了原子能日。實在是可以不要用到原子能發電，但太陽能發電等的次世代發電尚不到實用的程度。事實上也只能仰賴原子能發電。雖然；「若説原子能發電廠是安全的話，那蓋在皇居隔壁如何？」這樣的爭論，但應該採取可以蓋在皇居內的安全對策才是吧。在此同時，有必要儘早進行次世代的能源開發的研究。

５　萬聖節〔Halloween〕（10月31日）

📞 練習問題

１　①体育　②開会式　③運動会　④西洋
　　⑤空　　⑥息子　　⑦原因　　⑧心配
　　⑨昔

２　①まず　　　　　②ゆた
　　③けいざい　　　④きゅうじゅつ
　　⑤ぶんめいかいか　⑥しぼう
　　⑦ひまん　　　　⑧ささ
　　⑨かっこう

３　①に、の、が、のを
　　②を、に、の、と／に
　　③に、は、も、も
　　④を、に、の、や、に、を、の

４　①イメージ　　　②イベント
　　③ストレス　　　④スポーツ

５　①を込めて　　　②によって
　　③につれて　　　④を契機にして

６　①近づく、厳しさ、増して
　　②思って、簡単ではない
　　③癌、検査して、もらった
　　④重要な、持ち

🔶 11月的慶典活動與生活

七五三和童謠「とおりゃんせ」

七五三是慶祝三歲和五歲男生，以及三歲和七歲的女生長大的儀式。家人一起在11月15日到當地的守護神廟或神社去參拜。

有一首童謠叫作「とうりゃんせ」（通過），歌詞內容是表達七五三節日到神社奉還平安符表達謝意的情景。這首歌的歌詞是這樣開始的「讓我過，讓我通過，這是哪裡的小路、是天神的小路……」，但卻是以「去是好好的，回來就很恐怖」的可怕歌詞結尾。為什麼回來就很恐怖呢？眾説紛紜。但當時，就如同「七歲前是神的孩子」這句話一樣，在那個醫療不發達，而且傳染病和營養不良造成嬰幼孩死亡率高的時代，小孩子在還沒長到七歲時，還不知道他是否能平安長大成人，這樣的現實情況。因此，當時的人認為，小孩子是「神之子」，到七歲時，或許會被神召喚去也説不定。雖然在慶祝七歲時向天神奉還平安符表達了謝意，但不知道神會在何時把小孩子帶走。這首歌的歌詞描寫的是，父母的不安及祈求小孩子平安的難過心情。

這個七歲的慶典之後，會成為當地守護神的子孫，被接納當成該地區的共同體的一員。現在，義務教育是從七歲開始也是受其影響。所謂的七五三就是，接納孩子成為社會一份子的儀式。

現在的七五三，與舊有風俗沒關係，小孩子會穿著和服、和服裙褲，及買麥芽糖來慶祝。麥芽糖拉扯的伸展性，是表示長壽意思的吉祥物，所以也有伴隨著紅豆糯米飯，將麥芽糖分送給親戚好友，來當成家庭的慶典。

🏠 使いましょう

 1
a 勉強して
b 食事の支度をし

 2
a 手数料（入会金）
b 教師、人生の先輩

 3
a お貸しし
b お聞き

勤勞感謝日

在戰前，11月23日會舉行「新嘗祭」。「新嘗祭」自古以來就是國家的重要祭典，是掌管「瑞穗之國（日本的美稱）」祭祀最高負責人的天皇，代表人民感謝神恩賜農作物的一個儀式。

「新嘗祭」是在1948年改名為「勤勞感謝日」，成為國定假日，改名之時，出現了應該要慶祝原本的「新嘗祭」等各種意見。然而，現今的「勞動」不只有農業而已，也包括工業和服務業等具備廣泛的意義，所以才會成為現在的「勤勞感謝日」。

答えましょう

1　三歳と五歳の男児と三歳と七歳の女児の成長を祝う儀式のことです。

2　七歳まではいつ神に召されるかもしれないと考えていたからです。

3　天神さまに七つのお祝いのお札を納めたけれど、神がいつ子どもを連れ去っていくかもしれないという不安な気持ちがあるからです。

4　地元の氏神さまの氏子となって、地域の共同体の一員として迎えられました。

5　現在では、地元の氏神さまの氏子となるしきたりに関係なく、着物や袴を着せ、千歳飴を買ってお祝いする儀式となりました。

11月（霜月）歷法

1　文化日（11月3日）

戰前，11月3日叫作明治節，是為了要緬懷明治天皇遺德的節日。但是，在戰後被廢除，在「愛自由與和平、推動文化」的宗旨之下，而改定為文化日。

這一天，會以歌頌文化的儀式，在皇居舉行文化勳章授予式。另外，也展開由文化廳主辦的藝術祭。

2　採用太陽曆紀念日（11月9日）

1892年11月9日，太陰曆被廢除，改採用太陽曆。同年的12月3日被改為明治6年1月1日，12月才只有兩天，這個時候，聽說引起整個社會的騷動。

3　世界和平紀念日（11月11日）

1918年11月11日，是第一次世界大戰的停戰協定成立，交換不戰條約的日子。為了紀念，便決定將這天定為世界和平紀念日，但希望永遠和平的願望是徒然的，1939年，第二次世界大戰再次發生。

4　七五三（11月15日）

5　勤勞感謝日（11月23日）

練習問題

1　①神社　②様子　③恐　④神　⑤発達
　　⑥関係　⑦着物　⑧配　⑨代表

2　①おさ　　　　②まい　　　　③どうよう
　　④いりょう　　　⑤えきびょう
　　⑥ぶじ　　　　⑦なごり
　　⑧てんのう　　　⑨ほんらい

3　①が、し、や、に、の、が
　　②を、まで、が、に、か、か、と、の
　　③が、から、の
　　④だけ、や、など、を

4　①したしく　　　②こわくて
　　③まずしさ　　　④せつなく

5　①はずだ　　　　②だろう
　　③かもしれない　④らしい

6　①やれる、やって、わからない
　　②なった、説明して
　　③待ち、上がり
　　④終わる、遊び、行って

▶ 12月的慶典活動與生活

聖誕節和除夕鐘聲

12月24日～25日的聖誕節是慶祝基督誕生之日，基督教徒們，在教堂望彌撒之後，會肅穆地慶祝基督的誕生。

聖誕節具有450年的歷史，是在聖方濟・撒威（Francisco de Xavier）將基督教傳到日本後才有的。日俄戰爭時，它就已經是日本文化的一部分了。然而在日本，其宗教意味淡薄，而成了一種舉行派對和交換禮物的愉快歲末儀式。街上各式各樣的聖誕樹閃耀著，聖誕歌曲也熱鬧地播放著。

「師走」這句話很常講，在聖誕節結束時，匆匆忙忙的過年就要來臨了。一年的最後一天叫作除夕，在除夕吃麵是因為麵條很長，是一種藉以祈求壽命和幸福能長長久久的吉祥食物。除夕夜有人會在家裡，看紅白歌合戰過年；也有人會到廟裡參拜，就這樣聽著除夕鐘聲迎接新年。還有人會去爬山、借宿海邊，要來瞻仰元旦的日出。除夕夜鐘聲是中國宋朝開始的佛教儀式，江戶時代以後，在日本也開始盛行起來。除夕鐘聲有108下，據說是有祛除人類108種煩惱的意思。最後一聲是在新的一年時敲的，除夕鐘聲停止時，就是新年的開始。

⛪ 使いましょう

 1
a　英語が話せない
b　クリスマス・ツリーを飾ります

 2
a　本当のことを言わない
b　成功した

 3
a　お金、暇
b　いいこと、悪いこと

年終送禮

年終送禮，原本是從出嫁者或分家者在年底回到父母親家時，帶來新年供品開始的。那成了在一年結束時，為對照顧我們的人聊表心意而互選禮物的習慣。

現在，禮品大多由百貨公司來寄送，物品有日常生活用品、趣味用品等各式各樣。金額大約比中元節多2～3成，在12月初到20日左右前，就要寄到對方手中。過了31日，就要當成「賀年禮」親手交給對方。

👥 答えましょう

1　キリストの生誕を祝う日です。

2　宗教的な意味は薄れ、パーティを開いたりプレゼントを交換する、年末の楽しい行事になっています。

3　そばが長いことから、命や幸せが長く続くことを祈る縁起ものだからです。

4　一月一日（元旦）です。

5　感謝のしるしとして、お世話になった方に品物を贈る習慣のことです。

12月（師走）曆法

1　冬至（12月22日左右）

每年12月22日左右大約是冬至，是一年之中白天最短、夜晚最長的日子。這個時候開始，會逐漸正式變冷。在冬至有吃南瓜的習慣，蔬菜供應不足的這個時節，攝取維他命和胡蘿蔔素是合理的，以前的人認為「在冬至吃事先摘好的南瓜能避邪」。

2　天皇誕生日（12月23日）

12月23日立法訂定為「慶祝天皇生日的日子」。戰前，天皇被尊崇為神的化身，稱為「天長節」。然而戰後，天皇開始被賦予，不是神，是「統合日本國民的象徵」的新意義。因此，天皇生日只是單純地慶祝生日，目的是縮短國民和天皇間的距離，因而成為國民節日「天皇誕生日」。

3　聖誕節（12月24日晚～25日）

4　停止辦公（12月28日）

停止辦公是指各級政府機關結束當年度的工作，一般是在12月28日。相反地，開始辦公稱為「ご用始め」，是從1月4日開始。也就是説，日本政府機關是從12月29日放假到1月3日。

5　除夕夜（12月31日）

練習問題

1　①歷史　②文化　③戰爭　④薄　⑤交換
　　⑥輝　⑦自宅　⑧新年　⑨日用雜貨

2　①げんしゅく　　　②しわす
　　③あわ　　　　　　④おおみそか
　　⑤うみべ　　　　　⑥やど
　　⑦おが　　　　　　⑧さか
　　⑨せいぼ

3　①が、と、の、が
　　②に、を、の、が、が、を、から
　　③に、を、ながら、を、も、に、の、を、も
　　④と、の、の、に

4　①あけて　　　　　②もどって
　　③とどかない　　　④いのって

5　①すでに　　　　　②かならず
　　③いよいよ　　　　④だいたい

6　①通って、いない、ない
　　②泣いた、うれしかった
　　③帰らない、怒られる
　　④上手に、話せる、なり

第二部

翻譯

くらしのマナー

ⅠⅠⅠ | 鞠躬和握手

鞠躬和握手是代表性的打招呼形式，但兩者的差異是，鞠躬是向對方表示敬意，握手則是表示和睦、和好的意思。在日本，恭敬的招呼一般是鞠躬，但近年握手也開始普遍起來。

鞠躬，主要在東亞最常見，飛鳥～奈良時代時，採用中國禮節，制定因應身份的鞠躬形式，據說這是鞠躬的起源。鞠躬的由來，是因為把頭伸出去，會表現出沒有敵意的樣子之故。

鞠躬有分「立禮」和「座禮」2種。由於座禮是日式禮節，若覺得彼此不太熟識，在被帶到日式榻榻米房間時，必須於第一次見面打招呼時，行座禮。辦公室的行禮是「立禮」，依行禮的深淺來分類，有「最敬禮」、「敬禮」和「點頭」三種。立禮時，「最敬禮」是直立的姿勢，以腰為基點將身體呈45度角的彎曲。「敬禮」是呈30～45度，「點頭」是約15度角。只是將頭低下的行禮是不可以的，要以腰為基點，傾斜整個上半身。第1拍是迅速地彎腰，第2拍停頓，第3～5拍時再慢慢地起身。動作緩急和靜止狀態的抑揚頓挫，會產生一種美感。

★最敬禮：特別表示敬意，或認真地想傳達謝意和歉意時使用。

★敬禮：使用在迎接客人、送客人時，或者是和上司打招呼時使用的最一般的行禮。

★點頭：和同事、上司在走廊擦身而過，或要進入、離開會客室時使用。

再者，手拿皮包或行李時，如右圖一樣，可以將其放在前方來行禮。

西方的打招呼是以握手最主，握手一般是站著以右手來進行。握手的由來眾說紛紜，其中一說以起源於要向對方證明自己沒有拿武器為最有力。

握手要挺直身體，一定要看著對方的臉（眼睛）來進行。且握手也要有力地握。握得鬆鬆地，會讓對方感受不到誠意。還有，握手時，由輩份高、年紀長的人先向輩份低、年紀小的人伸出手是禮儀。握手是一種手互相碰觸的動作，所以若由輩份低的人，強行對輩份高的人來作是失禮的。女性和男性的話，就由女性先伸出手。這就是所謂的女士優先。然而，在日本，女性不和男性握手，似乎大多是稍微地行個禮。

還有另一個地方希望大家要留意。這是日本人身上常出現的光景，就是邊鞠躬邊握手，由於看起來很卑躬屈膝，所以希望大家不要這樣做。另外，有人會坐在椅子上握手，由於握手是一種要站著進行的禮儀，所以坐著也是不行的。以上這些都是社會人士的經驗，還請牢記。

⬛ 2　寒暄和名片

各位知道「挨拶」（寒暄）這個字的意思嗎？「挨」有敞開心胸的意思，「拶」有接近他人的意思。也就是說，寒暄是「敞開心胸、接近他人」的意思。

以前，日本人在外面遇見人，或與他人擦身而過時，就算對方只是陌生人，也會出聲打招呼，這在當時是很普遍的禮儀。不懂得打招呼的人，在當時被認為無法獨當一面。現在在日本，公司和鄰居等這樣的團體中，這種情形還深深留著。

早上見面時的招呼語是「早安」，據說是「一早就辛苦了」的省略語。這是慰勞一早就工作的人的用詞。「您好」是「今天您好啊」的簡稱，掛念在白天第一次遇見的人的身體和心境。「晚安」是「今晚是個好夜晚」等的省略語。另外，「さようなら」（再見）是「さようならば」（如果那樣的話）的簡稱，據說是「如果那樣的話，我就此失禮了」的意思。

在公司裡，外出的上司或前輩不用說，對同事說「慢走」，在他們外出回來時說聲「回來啦」，對下班要回家的人說「辛苦你了」等這些招呼語，是不能忘記的禮儀。

那麼，在商業界的招呼，所不可欠缺的就是名片。第一次見面時，一般是報上名說「受您照顧，我是○○商事的╳╳」，一邊遞名片。名片像是當事人的身份證，好好地使用名片，代表是對對方表示敬意。

交換名片時，首先是由階級低的人遞給階段高的人。另一方面，去拜訪對方時，帶著「打擾了」的意思，訪問者要先遞出名片。但是，拜訪者若明顯是階級高的人，受訪的一方就要先遞名片。

名片在全世界是通用的，最早的是中國，唐朝的文獻記載了關於木和竹製的名片一事。「名片」一詞是中國古語。當時使用名片的目的是，受訪一方若不在時，可將名片夾在門口的隙縫，告知對方曾來訪。在日本，從江戶時代開始使用在日本紙上用墨汁書寫名字的名片。之後，第一次見面的人，就開始以遞交名片代替自我介紹，據說這樣的使用名片是由日本開始的。日本至今被喻為全世界最會交換名片的國家。交換名片的習慣可說是日本的文化吧。

學習商業招呼禮儀

◆早安：開始展開清爽的一天吧。

◆您好：改變對方的情緒。

◆謝謝您：表達感謝。

◆非常抱歉：坦誠地承認失敗。

◆慢走：愉悅地送客。

◆您回來啦：溫暖地迎接。

◆我要出門了：告知要外出。

◆馬上回來：告知大家平安地回來了。

◆現在，有空嗎：自己有要事時使用。

◆抱歉，打擾了：打斷對方的動作時使用。

◆辛苦了：慰問對方的辛苦。

◆經常受您照顧：向客戶表達感謝。

◆先走（告辭）了：下班時別忘了說。

Ⅲ▶ 3　上座和下座

應該有很多人知道，上座是給階級高的人（上司、客人等）坐的位子；下座是階級低（部屬、親人等，及接待的一方）的人所坐的位子。在商業界，席次是備受重視的，所以請務必要知道這回事喔。「かみざ」和「しもざ」又分別叫作「じょうざ」和「げざ」。

一般來説，在日式房間接近壁龕的地方是上座，靠近出入口的位子是下座。沒有壁龕的房屋，站在出入口面向的右手邊、可以看到庭園觀景位置佳及有匾額、裝飾品的一方是上座。

為什麼壁龕的附近是上座呢？看一下壁龕的歷史便知道。壁龕的特徵是傳統日本住宅的建築方式，由於原本壁龕是掛佛畫的神聖地方，所以蓋在離出入口遠，讓人沈靜的房間最深處。因此，才會讓客人和輩份高的人坐在那個神聖沈靜的地方。

公司接待室的上座，是在離出入口遠而且又看得到入口的地方、從窗戶望出去景觀佳的位子，或者是可以觀賞房間內的裝飾品、畫及花的位子都是上座。而為了讓客人坐得舒適，禮貌上也會放置長椅子和沙發。靠近出入口的下座，由於出入的人頻繁，無法讓人感到平靜，所以不可讓重要人士坐在那個位子。

交通工具也有上下座。有司機時，司機後方是「上座」。另外，主人自己開車，駕駛座旁的位置是「上座」。搭計程車的話，階級低的人別忘了下車時要負責付錢。

搭新幹線的話，面向行車方向，所坐位子的靠窗是上座。走道位子是下座。然而，若「上座」的位子有破損或坐起來不舒適的情況時，要將之告訴上座者，再由自己改坐那個上座。

電梯內，從入口面向的最裡面的左方按照順序是上座，樓層按鈕的前面位置是最下座。按鈕的位置不論是在左右哪邊，裡面的位置也不隨之改變。

以上是基本原則，但就算是在上座，也會有直接吹到冷暖氣，或是直接照射到陽光，產生逆光讓上座的人感到不舒適的情形發生。這個時候，就要因應當時的狀況來安排座位，真的可説是為客人費心的一種招待方式。

▶ 4　伴手禮和餞行禮

在日本，拜訪熟識的人或公司時，習慣帶點心盒。這就稱為伴手禮。

伴手禮有分成，提親、拜託關照工作等，或鄭重拜訪時用的禮品，以及為了加強交情與友人見面時用的禮品。鄭重拜訪時的伴手禮，應該也是以鄭重的禮品為佳。不是在去拜訪的途中買，而是事先就要準備好包含心意的物品。要買點心的話，最好選擇知名老店或有品牌保證的名店的東西較好。

遇有喜事時，酒或道賀禮品較適合。禮籤上面書寫「高級點心」或者是「薄禮」，下面不只要寫姓氏，正式來講也要寫名字。伴手禮是什麼時候要交給對方呢？在對方打過招呼後，說聲「一點心意」或「小東西不成敬意」後，從包袱布或袋子裡拿出來，禮品的正面要朝向對方，兩手交給對方，這是日式禮儀。收禮的一方感謝地收下，把它放在客廳位置高的地方，要離開那個場所時再拿出去。而包袱布或空袋，則是自己帶回家。

以上是收送伴手禮的正式禮節，而目的是要加強交情的伴手禮，不須要拘泥形式，或太矯情。親手作的蛋糕、果醬或庭院裡開的花都能讓對方高興吧。收禮的一方也不用太奉承，直率地表達自己的感覺比較重要。對方拿出禮物時，先詢問對方是否「可以打開」，再當場拆開包裝，隨後立刻說一些「好高興」啦，或「好棒」的感想。物品是花的話，馬上放在花瓶裡裝飾房間，是食物的話，就盛在器皿，說「大家一起來享用吧」。當場打開禮物表達喜悅，在日本古老

禮節中認為是不好的作法，在歐美社會這是一種禮儀，親密交情的人採用歐美風格不是比較自然嗎？

餞行禮分成，帶著「今後請多關照」、「請保重」的心情送禮給搬家、調職者，以及送禮給出門旅行的人。送的禮物或金錢要對搬去的地方或旅行目的地有所幫助，但在歐美似乎沒有餞行禮在送金錢的。

較親近的鄰居或職場同事搬家、調職時，在離別的二～三禮拜前到當天為止送禮為佳。禮品外觀是，禮籤或謝儀袋綁上紅白五根紙繩，並寫著「餞行禮」「臨別贈物」等。但是，對輩份高的人寫「餞行禮」是等同失禮的，所以這個時候要寫「謝禮」。收臨別禮不須回禮，但平安到了新地方或職場，一定要寫謝函附上近況。

至於給旅行的人的餞行禮，一般來說，只限於送禮給旅行有特定目的或處境的人。例如，要出席具有重要意義的會議或開會，身為某某代表要參加主辦活動或長時間旅居海外等這類情況，才會送餞行禮。送禮時機是在對方開始準備旅行事項，到出發日的前一二天。禮品外觀是使用紅白花結紙繩。

最後提供一些參考，聽說外國人收到日本的禮物會感到高興的東西有浮世繪圖樣的包袱巾、手巾、扇子、團扇等。

翻譯

Ⅲ▶ 5　面識知識與禮儀

有句話説，面試是「8分靠準備！剩下的2分是靠機智和人品」。面試會成功的人應該是平日就會整理好自己的能力、優點、缺點和經驗，並在面試時「能夠正確表達自己」的人吧。

首先，去面試前，要先檢查好隨身物品和服裝儀容比較好。第一印象是非常重要的。

面試是，求才者和應徵者本人直接見面，來確認履歷表的填寫事項及找出文件所無法捕捉的人性的一個機會。一些確認要點包括，是否符合公司風格、有沒有協調性、是否對工作有熱情、對個人的魅力或生活態度有沒有信念等，接下來我們按照面試實際流程，來檢查面試禮儀吧。

〔以下，插圖等是來自埼玉縣「彩國工作發現體制」〕

Ⅰ　進入房間
敲面試房間門（輕敲2次）。
（聽到講「請進」後，再進去）
→進入房間。
首先稍微向面試者鞠躬【點頭15度】
説「打擾了。」
→走到面試者的前面。
→站在椅子的左側。
◆挺直背脊。併攏腳後跟，腳尖稍微開開站直不動。
◆手伸直，貼著褲子的縫線折痕處（男性）。
◆手放在前方交叉（女性）。
◆帶著笑容，開朗地看著面試者。

「我叫○○○○。請多多指教」【敬禮：30度鞠躬】

2　坐在椅子上
面試者：「○○（先生、小姐），請坐。」
求職者（站著）：「是，謝謝您，不好意思。」
→坐下。
◆背部輕輕地靠在椅背，挺直背脊。
◆手輕握放在膝蓋上（男性）。
◆手交叉放在膝上（女性）。
面試者：「我是人事部的△△。這一位是▽▽。」
「○○（先生、小姐），請你（介紹自己經歷／自我介紹／自我宣傳）。」
求職者：【輕輕點頭，看著面試者邊回答「好」】
「好的，我……」
（沈著地整合述説履歷文件上的內容）

3　進入正題
會被問到各種角度切入的軟硬交雜的問題，如應徵動機、辭職理由、個性（優點、缺點）、上個工作內容、職務經驗等。
要留意的回答方式，是以下幾點。
◆求職者要有自信的態度，俐落地回答。
◆先闡述結論。被問後，再具體説明理由。
◆不懂問題的意思時，不要不懂裝懂。
應該要説「不好意思，可以麻煩您再説一次問題嗎？」

翻譯

或「就是説…，是…是嗎？」（確認）

◆絕對不要批評之前工作的公司。

◆仔細整合辭職理由，最好講具積極性的理由。

◆輕輕點頭邊聆聽問題。回答用「是、對」。

◆帶著笑容看著對方的眼睛説話。可以搭配一些手勢。

4　結束到離開

面試者：「那麼，最後你有沒有什麼問題？」

求職者：「是的，我想問一下，關於…。」

面試者：「好，那就這樣了。結果會在○○天後，用△△方法跟您聯絡。」

求職者：（站在椅子左側）「今天非常感謝您。還請多多關照了。」

【誠心的最敬禮（45度鞠躬）】

→離開房間。

走到門邊時，跟面試者敬個禮【點頭15度】

可以瞭解關於面試的流程和禮儀了嗎？

常見問題

◆應徵動機是什麼？

◆為什麼想來應徵本公司？

◆你想在本公司做些什麼？

◆你在本公司能夠做些什麼？

◆你的優點、缺點是什麼？

◆你的興趣以及專長是什麼？

◆請説明一下以前的工作經歷。

◆職掉上個工作的理由是什麼？

◆你覺得自己哪方面不輸人？

◆到目前為止，覺得你自己最失敗的地方是哪裡？

◆除了我們公司，你還應徵什麼樣的公司？

ⅢＤ ６　公司用語

Ⅰ　公司內的招呼
◆對外出的人
　「請慢走」
　「請小心」
◆對外出回來的人
　「你回來啦」
　「辛苦了」
〈注：對階級高的人不可說「ご苦労さ
ま」。「ご苦労さま」是階級高的人在説
的。〉

２　時令招呼用語
◆氣候
　「天氣真好啊」
　「天氣陰陰的」
　「天氣很不好」
◆春
　「天氣變得暖和了」
　「春意已經很濃了」
◆夏
　「每天都好熱啊」
　「今年夏天特別熱呢」
◆秋
　「天氣涼爽書是多了」
　「白天變短了」
◆冬
　「明顯變冷了」
　「年關也逼近了」
〈注：記住這些招呼用語，可以打開話匣
子。〉

３　道歉
◆道歉
　「很抱歉」
　「真的非常對不起」
◆盡力了，卻幫不上忙時
　「沒能幫上忙，很抱歉」
〈注：沒法達成對方期待的結果時，不要找
各種藉口，還是先道歉吧。就算想説明事情
原委，也是道歉後再説。〉
◆表示反省
　「我會小心，不會讓這種事再發生第二次」
◆為遲到道歉
　「對不起，讓您久等」
　「正要出門時，突然有急事……」
〈注：遲到的理由，要具體説明。〉
◆更改約定時間時
　「有個無理要求，很抱歉……」
　「非常對不起，約定可不可以往後延？」
〈注：提議時也要顧慮到對方。要坦白説明
更改的理由。〉
◆想要毀約時
　「這件事，可不可以再重新來過？」
　「非常抱歉，可不可以當成沒這事？」
〈注：因自己的關係，要放棄契約、約定
時，要明確知道責任在自己，由衷地道
歉。〉

4　道謝

◆得到東西時

「剛才（前幾天）得到了很棒的東西」

「收下了」

〈注：「ちょうだいいたします」也可在收名片時説。〉

◆受到照顧時

「受您照顧了」

「不好意思」

「非常謝謝您的幫忙」

5　邀約

◆邀請

「您一定很忙吧，但請您務必……」

「邀請大家，請務必……」

◆招呼代替語

「您回程的時候，請務必順道來訪。」

「有到附近來的時候，請務必順道來訪。」

6　委託

◆委託

「想請您幫我做～，可以麻煩您嗎？」

「可以請您幫我～嗎？」

〈注：在日本，即使是上司拜託下屬，也要避開命令的口氣。〉

◆開頭語

「很冒昧突然地拜託您」

「非常懇切地想和您商量一下…」

「給您添麻煩了，非常不好意思…」

〈注：有事拜託別人時，要説一些開頭語喔！〉

7　接受委託

◆接受時

「遵照您的意思」

「我答應您」

「遵命」

◆表明

「我辦得到的話，無論什麼事您儘管吩咐」

「不用客氣，您説吧」

8　稱呼對方

◆客戶稱法

「您公司」

「貴公司」

「貴○○公司／貴○○商事」

〈注：用「您公司」或「貴公司」都沒關係，儘可能地用像『貴○○公司』這樣的正式稱呼。〉

◆自己公司的稱呼法

「敝公司」

「小公司」

「本公司」

◆同事的稱呼法

「○○先生、小姐」

「小○○」

◆上司的稱呼法

「○○課長」

「○○部長」

〈注：上司要連姓帶職稱一起叫。〉

9 開口說話的方法

◆詢問

「不好意思，請問您是哪位？」

「對不起，請問有點冒犯的是情…」

「想問一下比較牽涉私人的問題…」

「關於這點（事件），要怎麼做呢？」

〈注：客人來訪時，不要突然問「您是哪位」，最好是前面再加一句「不好意思」比較好。〉

◆提到私人的話題

「談到個人事情，不好意思」

「關於私人問題，其實……」

〈注：提到私人問題時，要加這些開頭語。〉

10 訪問公司和接待客人

◆拜訪時

《有預約時》

「百忙之中來打擾，很抱歉」

「我是○○公司的○○」

「我是○○部門的○○，約好在○點…」

〈注：在櫃檯要詳細告知公司名、姓名、和誰約好，請櫃檯幫忙找對方。〉

《沒有預約時》

「我沒有預約，如果營業部的○○先生（小姐）在的話，希望能見他…」

〈注：基本上沒有預約就突然去拜訪，是有失禮儀的。如果有緊急事件要去見對方，也要周到地打招呼，說明事情原委。不要忘了，要再三地先設想對方的立場為優先。〉

◆應對來客

「歡迎」

「歡迎您遠道而來」

「不好意思，讓您特地跑這一趟」

◆拜訪完要離去時

「不好意思，今天您百忙之中抽空見我」

「打擾了這麼久，非常謝謝您」

〈注：要回去時，不要忘了向對方抽時間見面表達感謝。〉

◆客人要回去時的應對

「下次請再來」

「回去請小心」

「今天非常謝謝您。麻煩幫我向○○社長（／先生小姐／老師）問好」

〈注：使用的招呼用語要讓來訪者回去時心情愉快。〉

▊▶ 7　二十四節氣和季節之花

春天

立春

◆ 2 月 4 日左右

◆春天的開始。這天到立夏的前一天都是春天。

雨水

◆ 2 月 19 日左右

◆表示停止下雪，將要開始下雨的意思。

驚蟄

◆ 3 月 5 日左右

◆這是冬眠的蟲，將要從洞穴爬出的時期。

春分

◆ 3 月 21 日左右

◆晝夜幾乎等長。這天開始，白天逐漸變長，春天要正式展開。

清明

◆ 4 月 5 日左右

◆清淨明潔的簡稱。表示令人心情愉悅的季節之意。

穀雨

◆ 4 月 20 日左右

◆春雨降下，滋潤百穀，讓其發芽之意。

夏天

立夏

◆ 5 月 5 日左右

◆夏天開始。這天到立秋的前一天是夏天。

小滿

◆ 5 月 21 日左右

◆時值萬物發育之氣，草木等生物逐漸生長茂盛。

芒種

◆ 6 月 6 日左右

◆播種有芒的五穀時節。稻子等像刺突起的部分叫作芒。

夏至

◆ 6 月 21 日左右

◆一年之中白晝最長的日子。

小暑

◆ 7 月 7 日左右

◆梅雨季即將結束，炎熱即將正式展開。

大暑

◆ 7 月 23 日左右

◆最炎熱的時節。

秋天

立秋
◆8月8日左右
◆秋天開始。這天到立冬的前一天是秋天。立秋以後的熱天氣稱為「殘暑」。

處暑
◆8月23日左右
◆炎熱即將退卻之意。

白露
◆9月8日左右
◆野草掛著露珠，看起來是白色，為秋意漸濃時節。

秋分
◆9月23日左右
◆晝夜等長。這天開始，白天漸漸地變短。

寒露
◆10月8日左右
◆冰冷的露水凝結時節。

霜降
◆10月24日左右
◆降霜時節。

冬天

立冬
◆11月7日左右
◆冬天開始。這天到立春的前一天是冬天。

小雪
◆11月22日左右
◆氣候愈加寒冷，小雪飄落時節。

大雪
◆12月7日左右
◆積雪時節。

冬至
◆12月21日左右
◆一年之中白天最短的日子。氣候愈加嚴寒，白晝逐漸變長。

小寒
◆1月5日左右
◆雖不是最寒冷的時候，但即將進入酷寒。這天叫作「入寒」，從這天到立春前一天的這段期間叫「寒內」。

大寒
◆1月21日左右
◆一年之中最寒冷的時候。

翻譯

心情筆記

心情筆記

心情筆記

~~~~~~

~~~~~~

~~~~~~

~~~~~~

~~~~~~

~~~~~~

~~~~~~

~~~~~~

~~~~~~

~~~~~~

~~~~~~

心情筆記

日本のくらしと文化 ： 異文化理解のための読解.
中級 ／ 目黒真実著 ； 陳金順譯.
-- 臺北縣永和市 ： 尙昂文化, 2007.09 面 ； 公分

ISBN 978-986-6946-39-4（平裝附光碟片）

1. 日語 2. 讀本

803.18 96018664

－異文化理解のための読解（中級）－
日本のくらしと文化

發 行 所：尚昂文化事業國際有限公司
發 行 人：沈光輝
著 者：目黒真実
譯 者：陳金順
攝 影：哇卡巴亞喜・JAKURIN
插 圖：Peytsy
製 作 群：尚昂編輯部・橘色微笑人
劃撥帳號：19183591
地 址：台北縣永和市仁愛路115號1樓
電 話：(02) 2928-4698
傳 真：(02) 3233-7311
出版日期：2007 年 10 月
總 經 銷：創智文化有限公司
電 話：(02) 2228-9828
定 價： 360 元（書＋2CD）
行政院新聞局登記證局版台省業字第724號

尚昂文化事業國際有限公司
SUN ON CULTURE INTERNATIONAL CO.,LTD.

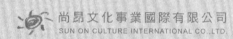

尚昂文化事業國際有限公司
SUN ON CULTURE INTERNATIONAL CO.,LTD.